*Ein Dickkopf auf vier Pfoten
setzt sich durch!*

Für Tanja,
mein ganzer Stolz !
Meine ganze Liebe !
Mein einziges Kind !

Pia Seiler

Ein Dickkopf auf vier Pfoten setzt sich durch!

Die Geschichte eines ausgewachsenen Hirtenhundes, der trotz „Null Bock“ auf Gehorsam, doch ein Klasse Hund ist!

Bibliografische Information der Deutschen Nationalbibliothek verzeichnet diese Publikation in der Deutschen Nationalbibliografie, detaillierte bibliografische Daten sind im Internet über: //dnb.d-nb.de abrufbar.

Herstellung und Verlag: Books on Demand GmbH, Norderstedt
ISBN-13: 978 383704 3679

Inhalt

V o r w o r t

Meine Tiere haben den größten Teil meines Lebens bestimmt. Aufgewachsen bin ich als Einzelkind in einem kleinen bayerischen Dorf. Dadurch, dass ich ein Schlüsselkind war, weil meine Eltern berufstätig waren, hing ich von kleinster Kindheit an ganz besonders an meinen Tieren. Sie ersetzten mir quasi Geschwister. Von den Tieren habe ich vieles gelernt und sie waren mir immer treue Begleiter!
Nur wer ein Tier hat, und es so hält, dass es Familienanschluss hat, weiß wie viel Freude man mit den Tieren haben kann. Vollkommen unwichtig ist es in diesem Fall auch, ob man das Tier nun als Welpe, oder bereits ausgewachsen bekommt! Dass sich ein erwachsenes Tier nicht mehr eingewöhnt, ist nämlich nur ein Vorurteil. Wer sich ausreichend mit seinem Zögling befasst, wird sicher durch seine Dankbarkeit belohnt werden!
„Ein altes Tier lernt nichts mehr dazu!“, auch das stimmt ganz und gar nicht. Tiere sind nicht dumm! Dazu lernen können sie,

bei angemessener Zuwendung bis ins hohe Alter.
Die meisten unserer Tiere waren bereits älter, als sie bei uns ein Zuhause fanden. Jedes Tier hat seine eigene Geschichte, und ganz besonders viel Stoff zu erzählen gibt mir da die Zeit, die wir mit unserem Buarli, einem Ungarischen Hirtenhund, auch Kuvasz genannt, verbringen dürfen. Deshalb spielt er in diesem Buch auch die Hauptrolle!
Das hier ist kein Fachbuch über den Kuvasz! Ich könnte auch gar keines über diese Rasse schreiben, denn erstens haben wir bisher nur einmal einen solchen Hund gehabt, und zweitens ist unser Schmuckstück ja gebraucht bei uns gelandet. Dazu kommt, dass wir den Buarli keineswegs deshalb zu uns genommen haben, weil er ein Rassehund ist. Wir haben ihn bei uns aufgenommen, weil er ganz einfach arm dran war. So ein großer, ausgewachsener Hund bekommt nur ganz schwer einen guten Platz. Jeder, der mit der Vermittlung von herrenlosen Hunden zu tun hat, weiß das. Es war Zufall, dass wir auf einen Kuvasz, bzw. Ungarischen Hirtenhund kamen. Und weil uns das Schicksal eben mit so einem Hund

verbunden hat, haben wir uns mit dieser Rasse ein bisschen befasst.
Aber die Rasse allein macht nicht das ganze Wesen aus. Dazu kommt natürlich auch das ganze Umfeld, die Prägephase u.s.w..
Wichtig ist mir auch, dass man sieht, wie viel Freude man auch an einem älteren Tier haben kann, auch wenn es nicht ganz so einfach zu handhaben ist. Deshalb habe ich aufgeschrieben, was wir mit diesem außergewöhnlichen Dickkopf und seinen vielen Freunden erlebt haben.
Seine vielen Streiche und seine Schlitzorigkeit erinnern mich immer wieder an die Lausbubenstreiche von Ludwig Thoma , den Michel aus Lönneberga oder vor allem in den letzten Jahren an den verkauften Großvater!

Ein normaler Hund?
Nein, ein Kuvasz!

Den Buarli haben wir aus einem Tierheim zu unseren übrigen Tieren dazugeholt. Zu Anfangs hatten wir überhaupt keine Ahnung über das Wesen dieser Hunde, und waren im Umgang mit ihm dadurch zum Teil recht ratlos. Da mein Mann und ich ja eigentlich beide bereits langjährige Erfahrung mit Hunden hatten, waren wir über die Schwierigkeiten mit diesem Dickkopf schwer beeindruckt!
Nachdem wir uns dann ein wenig über die Rasse informiert hatten, wurde uns zwar einiges klarer, aber es waren eben nur Anhaltspunkte. Wir hatten es nämlich mit keinem Welpen, sondern mit einem ausgewachsenen Rüden zu tun, bei dem sich der Sturkopf schon so richtig eingenistet hat. Uns hat das die letzten 10 1/2 Jahre - so lange haben wir den Kerl nun schon - oft ganz schön ins Schwitzen gebracht!
Erschwerend kam hinzu, dass unser Süßer bereits 6 Jahre alt war, keinerlei Bezug zu irgendeinem Menschen gehabt hatte, und ihm auch noch sämtliche gängigen Befehle

fremd waren. Zumindest hat er uns das so glaubhaft gemacht!
Manches ist natürlich, auch wenn nicht jeder Kuvasz gleich ist, bedingt durch diese Rasse. Vieles an ihrem Verhalten ist da ganz anders, als man üblicherweise bei Hunden gewöhnt ist. Unbedingt wissen sollte man, das ursprünglich der Kuvasz zum selbständigen Hüten von Schafherden gezüchtet wurde. Ohne der Unterstützung von Hirten bewachten und beschützten diese Hunde ihre Schafherden vor Bären und anderen Raubtieren. Sie waren ganz auf sich gestellt und kein Mensch sagte ihnen, was sie wann zu tun hatten. Sie entschieden selbst! Daraus ergibt sich, dass sie auch bei uns als Hütehunde oft selbst entscheiden, wen sie reinlassen und wer besser draußen bleibt. Auf dieses Urteil kann man sich meist besser verlassen, als auf das Urteil eines Menschen. Und keine Angst – diese weißen Teddybären sind absolut unbestechlich!!!
Für uns als Kuvasz-Halter hat das viele Vorteile – aber man muss auch bereit sein, Abstriche zu machen. Intelligent und selbstbewusst wie sie sind, wissen sie sehr genau was sie wollen und was sie eben

nicht wollen. Wer ein dressiertes Zirkushündchen will, das auf Befehl jedes Kunststück vorführt, ist hier an der absolut falschen Adresse. Versuche in diese Richtung können sehr blamabel für das ehrgeizige Herrchen oder Frauchen werden. Herkömmliche Erziehungsmethoden kann man bei einem Kuvasz in der Regel vergessen! Vor allem mit bloßer Strenge hat man von vorneherein verspielt und noch dazu den Hund als Freund und Gefährten verloren. Viel mehr braucht man Fingerspitzengefühl!

Man muss ihn davon überzeugen, dass das was man von ihm will, gut ist. Es ist auch überhaupt nicht lachhaft, wenn man ihm erklärt, warum man dieses oder jenes von ihm will, oder warum er das eine oder andere nicht tun soll. Ich vermeide zum Beispiel direkte Befehle. Auf die Frage: "Kommst du auch mit?" reagiert er nämlich in jedem Fall schneller, als wenn ich nur „Komm!" rufe.

Man sollte sich daran gewöhnen , dass man auch mit einem Hund täglich Verhandlungen führt. Dazu braucht man Humor und gute Nerven. Wenn er den Sinn des Befehls als gut befindet, wird er den Befehl, besser

gesagt den Ratschlag auch befolgen. Viele Komplimente und viel loben auf keinen Fall vergessen!!!
Wichtig ist, dass er mit der Zeit Vertrauen fasst, denn dann kommt man gut miteinander aus.
Das größte und schönste Kompliment, dass einem so ein großer Eisbär machen kann, ist, wenn er auf einen zukommt. Das macht er nämlich nur, weil er es will – und nicht weil er es anerzogen bekommen hat!

Auf den Hund gekommen !

Heute ist der 23.12. Und wieder einmal jährt sich der Tag, an dem wir unseren 3. Hund, den Ungarischen Hirtenhund, oder auch Kuvasz genannt, zu uns holten. Wie gewöhnlich war das gar keine Absicht, sondern es hat sich aus einer Verkettung von verschiedenen Umständen eben so ergeben. Sita, die Schäferhündin meiner Schwiegermutter war an Altersschwäche gestorben, und wurde schmerzlichst vermisst. Aus diesem Grund wollten wir ihr mit einem neuen treuen Begleiter eine Freude machen. In Frage kam für uns nur eine älteres Tier vom
Tierschutzverein. Zu dieser Zeit befand sich also unter anderem auch unser Kuvasz in der Obhut eines mir bekannten Tierschutzvereins.
Als wir den Rundgang von Gehege zu Gehege machten, kamen wir also zu der Box in der unser Buarli war. Die Besitzer des 5 Jahre alten Rüden waren mit dem Tier überfordert. Als sie dann den Hund erschießen wollten, hat ihn eine junge Frau kurzerhand in ihr Auto gepackt und beim Tierschutzverein abgegeben. Warum für mich kein

anderer in Frage kam, weiß ich heute nicht mehr. Das einzige an das ich mich erinnere, ist der Anblick von diesem riesigen weißem Hund, der mich mit seinen schönen dunkelbraunen Augen ansah. Wahrscheinlich wusste er sofort, dass er seinen Platz gefunden hat, den anders lässt sich sein Verhalten im nachhinein nicht erklären. Das war nämlich so: Der Heimbesitzer warnte mich vor diesem Hund. Er beschrieb mir sein Verhalten als nicht berechenbar: Er lässt sich nicht an der Leine führen, er steigt und dass ist bei dieser Größe und Kraft kein Kinderspiel. Er sagte dann noch zu mir: „Wenn du dich traust, kannst du ja zu ihm in den Zwinger gehen." Ich will jetzt nicht so tun als wäre ich Mrs. Muskelmann persönlich, denn das bin ich nicht. Aber ich wusste einfach instinktiv, dass ich vor diesem Hund keine Angst zu haben brauchte. Später wurde mir auch klar, warum der Tierpfleger mit ihm solche Schwierigkeiten hatte und ich nicht. Ein Kuvasz ordnet sich eben nicht so ohne weiteres unter. Sobald jemand ihn dazu zwingen will zu gehorchen, entwickelt sich automatisch ein Kampf. Ein Tierpfleger muss natürlich dominant sein, und er hat auch keine Zeit sich um die verschiedenen Eigenarten

um die verschiedenen Eigenarten seiner Schützlinge zu kümmern, aber ein dominanter Mensch wird gegen einen derartig willensstarken Hund nie der Gewinner sein. Sollte er es aber doch einmal schaffen, das der Hund das tut, was er absolut nicht will, wird er daran keine Freude haben. Denn den Hund hat er sich dadurch zum Feind gemacht.
Also, wie gesagt, ich hatte keine Angst und keinerlei Argwohn und ging in den Zwinger. Der Buarli war mir sofort vertraut. Er lehnte sich an mich, ließ sich streicheln und ohne jedes Problem an die Leine nehmen. So als würden wir uns schon ewig lange kennen, holte ich dann unsere beiden anderen Hunde, den Bärli, einen männlichen Berner-Senn-Mix und das Liserl, einen weiblichen Collie-Mix dazu, und so gingen wir spazieren. Das lief alles so glatt, das es mir im nachhinein noch vollkommen unglaublich erscheint. Aber es gibt im Leben eben immer wieder Erlebnisse die man nicht begreift. Man weiß in dem Moment einfach, dass man nur so richtig handelt, auch wenn der Verstand entsetzt einen Salto schlägt. Genauso unfassbar war für den guten Tierpfleger, dass ich im Anschluss an

unseren Ausflug alle drei Hunde in unser Auto packte und zu uns nach Hause fuhr. Was da alles hätte passieren können, daran darf ich nicht denken. Ich wusste einfach, dass das so sein muss. Und allzu viel nachdenken ist sowieso oft nicht gesund!

....

Die Stippvisite, die unser Hund bei meiner Schwiegermutter machte ist auch noch ganz kurz und schmerzlos erzählt, nämlich folgendermaßen: Unserer Mama hätte der Hund schon gefallen, aber meinem .... Schwager war dieser Hund nicht gut genug.

G o t t   s e i   D a n k ! !
Wir unternahmen dann zwar noch ein paar relativ halbherzige Versuche für den Buarli noch ein anderes Zuhause zu finden, aber da unser Buarli immer dann gerade ausgebüchst, also nicht da war, wenn sich für ihn wer interessiert hätte, zerschlug sich das Ganze und löste sich in Wohlgefallen auf. Ich möchte auch schwer bezweifeln, dass ich ihn dann wirklich hergegeben hätte.

Liserl, Bärli und Buarli

Buarli will ich heißen !

Eigentlich hieß unser Buarli ja Tiger. Das heißt seine ehemaligen Besitzer wollten das. Dem Tiger gefiel sein Name aber offenbar gar nicht, denn genauso wie unser Hund hat auch die Gieskanne, z. B. auf den Namen reagiert – nämlich gar nicht ! ! !
Wir fanden den Namen auch nicht besonders passend, und nachdem wir uns davon überzeugt hatten, dass dieser Hund keineswegs einen Hörfehler hat, suchten wir für ihn einen passenderen Namen, in der Hoffnung, dass er ihm dann auch gefällt.
Groß, weiß, lockig und das Gesicht wie ein Bär. Balou, ja das könnte ihm gefallen. Also versuchten wir es. Die Reaktion war zwar nicht überwältigend, aber zumindest schon einmal sichtbar. Er drehte sogar den Kopf in unsere Richtung. Mehr aber auch nicht !
Auf einem unserer Spaziergänge mit unseren 3 Ersatzkindern (damals war ich mit meiner Tochter gerade im 7. Monat schwanger), ließen wir den `Balou` auf einer einsamen Lichtung kurz von der Leine. Als er dann wieder einmal auf seinen neuen Namen nur den Kopf drehte, und er sich

aber trotzdem nicht zu mir bewegen wollte, sonder eher das Gegenteil, lockte ich ihn ganz sanft mit :"Ja wo ist denn mein braver Buarli"? – Und schon war er da. Und der Buarli, das ist er für uns bis heute geblieben.

Nur wenn wir sauer auf ihn sind ist er der Balou – damit er sich auskennt!

Ein turbulenter Anfang

Ein Hund, der immer sich selbst überlassen war und der sich die meiste Zeit im Stall und auf der Straße und zum Schluss noch im Zwinger aufgehalten hat, ist vor allem eines:
Katastrophal dreckig! Dazu kommt, das er es natürlich nicht gewöhnt ist, dass sich da jemand um sein Äußeres kümmert und ihn dann auch noch unbedingt mit Wasser, Hundeshampoo u.s.w. waschen will. Ich glaube, es war unser Glück, dass er gar nicht damit gerechnet hat. So war der Überraschungseffekt auf unserer Seite.
In der Badehose und mit einem Wienerle bewaffnet, lockten wir unseren Buarli ins Bad. Unter einigem Kraftaufwand und vielem guten Zureden schoben wir unseren Dreckspatz dann unter die Dusche. Dort erhielt der Gute seine wahrscheinlich erste komplette Ganzkörperreinigung.
Leicht beleidigt und in viele Badelacken gehüllt sah man ihn kurz darauf vor dem Christbaum sitzen. Jeden der sich hier aber einen erholsamen Weihnachtsabend vorstellt, muss ich jetzt darauf aufmerksam machen, dass ein Badezimmer in dem ein

widerspenstiger Kuvasz gereinigt wurde an die Folgen eines Hurrikans erinnert! Also keine Besinnlichkeit!!
Die Versuche diesen Hund zu bürsten sind , glaube ich, auch eine Beschreibung wert. Das Bürsten fand er nämlich gar nicht toll. Sozusagen völlig unnütz!! Dafür war ich der komplett entgegengesetzten Meinung. Selten habe ich einen Hund gesehen der so völlig verfilzt war. Viele seiner Filze ließen sich sowieso nur noch mit der Schere entfernen, was, wenn sich ein Hund schön ruhig verhält, auch kein Problem darstellt. Leider war der Kerl weder schön ruhig, noch einsichtig, dafür aber wesentlich stärker als ich und schwer entschlossen sich n i c h t bürsten zu lassen. Das ich in diesem Fall natürlich nicht nachgeben konnte war klar. Heute ist das alles kein Problem mehr. Er weiß längst, dass ich immer nur sein Bestes will und er lässt sich von mir auch wirklich alles gefallen. Sogar wenn ich ihm von Zeit zu Zeit Ohrentropfen verabreichen muss, bereitet das keine Schwierigkeiten mehr. Allerdings lässt er sich das alles wirklich nur von mir gefallen. Ein anderer hat absolut Null Chancen. Bis ich ihn aber so weit hatte war das ein hartes Stück Ar-

beit. Zu Anfangs konnte ich ihn nur angeleint kämmen. Und das nur kurz angeleint! An der langen Leine bäumte er sich auf und machte alle Mätzchen die es mir unmöglich machten ihn zu striegeln. Kurz angeleint musste er sich nun ob er nun wollte oder nicht, das Bürsten, Zupfen und Ausschneiden gefallen lassen. Er versuchte natürlich immer noch die Oberhand zu gewinnen und hat sogar versucht nach mir zu schnappen. Meine Reaktion auf diesen Schnappversuch war postwendend ein gewaltige Ohrfeige. Denn ich liebe meine Hunde zwar, aber beißen lasse ich mich eben nicht und auch wenn so manche Hundeliebhaber und Tierschützer da wahrscheinlich anderer Meinung ist, ich bin der Ansicht, dass man auch bei einem derartig charakterstarken Hund Grenzen setzten kann und muss, wenn man von dem Tier für voll gehalten werden will. Unser Buarli hat den Wink mit dem Zaunpfahl auf jeden Fall verstanden und derartiges nie mehr wieder versucht. Unsere Pflegestunden habe ich ihm auch immer mit Belohnungen versüßt, und ihm auch immer wieder einmal seinen Willen gelassen und mit der Intensivpflege Pause gemacht, wenn ich merkte er hat jetzt genug. Sonst

hätte er davor wahrscheinlich Heute noch das große Grausen. Aber mit der Zeit genoss er das betüteln und die vielen Streicheleinheiten die er bei der Gelegenheit immer abbekam.
Ich habe ihm immer wieder erzählt wie wunderschön er jetzt ist, und dass sich alle Hundedamen nach ihm umdrehen werden. Natürlich hat er sich das nicht zweimal sagen lassen, und ist im Anschluss unserer Pflegestunden mindestens doppelt so gerne auf Tour gegangen.

Wie man einem Kuvasz Auslauf verschafft - oder : Wie lernt man schnell die gesamte Umgebung kennen ?

Wenn man sich ein Tier anschafft, dann soll es ihm auch gut gehen! Das ist und bleibt meine ehrliche Meinung. Ein gutes und ausreichendes Futter, eine gute Pflege, viel Ansprache und genügend Auslauf. Tja, der Auslauf . Hört sich eigentlich ganz harmlos und leicht zu bewerkstelligen an . Wer ein liebes, folgsames und anhängliches Hunderl sein eigen nennt, kann sich wahrscheinlich gar nicht vorstellen, dass es da ein Problem geben könnte. Vor der Ankunft unseres weißen Riesen hatten wir da auch noch nie ein Problem. Wir sind mit unseren Hunden regelmäßig Gassi gegangen und wenn wir gerade nicht unterwegs waren hatten sie immer noch ihren Auslauf im eingezäunten Garten.
Bei unserem Kuvasz war das vor allem in der ersten Zeit ein absolutes Chaos. Denn zu Anfangs war zwar zwischen uns schon eine Sympathie, aber bedingt durch seine Vorbesitzer war er eben überhaupt keine

menschliche Gesellschaft gewöhnt. Wenn wir oben in der Wohnung waren, ist er unten in der Werkstatt gelegen. Wenn wir draußen waren, lag er drinnen. Ich glaube nicht, dass das von ihm beabsichtigt war – aber er fand es eben nicht für nötig, dass er sich uns anschließt. Damit will ich ausdrücken, das die emotionale Bindung zwischen uns noch nicht hergestellt war und so viel es ihm viel leichter, dass er oft für Stunden einfach ausbüchste. Im Laufe der Zeit machte er das nicht mehr für so lange, weil er ganz einfach viel zu gern zu Hause ist – aber so ganz lassen kann er seine Ausflüge bis heute nicht. Bis wir ihn aber soweit hatten, kostete er uns einen viel Zeit, Mühe, Geld und vor allem
N e r v e n !
Ein Kuvasz ist nämlich extrem intelligent, erfinderisch und ein ausgesprochen guter Schauspieler! Diese Kombination vor allem in der ersten Zeit zu durchschauen, ist absolut unmöglich. Gut an der Sache ist, dass man partout keine Zeit für Langeweile hat. Dafür aber viel Gelegenheit zum Sammeln von Erfahrungen.

Wie schon erwähnt, haben wir einen nach bestem Wissen und Gewissen eingezäunten Garten. Ohne Loch mit einem gutschließenden Gartentürl und 1,50m hoch. Für einen normalen Hund hoch und sicher genug. Für unseren größten Schlawiner aller Zeiten kein Hindernis, dafür aber ein Ansporn. Er verbrachte oft Stunden mit genauesten Betrachtungen und Berechnungen. Wir wussten das in der ersten Zeit natürlich nicht, denn wir sahen ihn nur mit völlig unauffälligem bravem Gesichtsausdruck im Garten sitzen. Es sah eigentlich nur so aus, als würde er sich die Gegend betrachten, und die Sonne genießen. Wenn es regnete hatten seine Berechnungen immer Pause! Nachdem wir unseren Hund dann stundenlang so sitzen sahen und uns über seine außergewöhnliche Bravheit gefreut hatten, ließ dann auch meist unsere Aufmerksamkeit etwas nach, und bei erneutem Blick auf unseren Buarli war er dann meist nicht mehr da. Keiner hat ihn flüchten sehen und bis heute wissen wir nicht wie, bzw. wo er rauskam. Denn natürlich wurde unser Zaun immer höher und die Sicherheitsvorkehrungen immer strenger, trotzdem gelang es ihm

immer wenn er wollte und erwischen ließ er sich nie!
Besonders freute er sich, wenn wir Besuch von unserer Oma hatten. Die führte er regelmäßig an der Nase herum. Immer wenn sie kam war er sehr nett zu ihr. Er umkreiste sie, machte ihr Komplimente, war gleichzeitig hinter ihr und vor ihr. Er brachte sie so durcheinander, dass sie es fast nie schaffte, die Haustüre richtig zu verschließen. Am Ende war dann immer die Oma da und der Hund weg! Da unsere Oma mindestens einmal am Tag kam, war auch unser täglicher Spaß gesichert.
Wir versuchten es sogar mit einer Laufleine. Nach höchstens einer Woche war klar, dass auch das unmöglich ist. Bei einem normalen Halsband ging er so lange rückwärts, bis nur das Halsband noch an der Leine hing, und bei einem Zugband ließ er einfach den Kopf locker hängen, schüttelte sich und das Halsband lag am Boden. Also blieb uns nichts anderes übrig als lange Spaziergänge, die da wir ja jetzt einen Kuvasz hatten, auch sehr viel an Abwechslung zu bieten hatten.
Unsere ersten Spaziergänge waren mit unseren 3 Hunden dem Bärli, dem Liserl und

dem Buarli voller Elan und Zuversicht. Ausgerüstet mit allerlei Leckerli und verschiedenen Würstchen und langen Leinen machten wir viele lange Spaziergänge. Weder dem Bärli noch dem Liserl wäre es im Traum eingefallen irgendwohin zu laufen, wo sie nicht hinsollten. Mit
den Leckerlis gleich dreimal nicht. Also versuchten wir nach ein paar Wochen unser Heil auch bei unserem Buarli. Wir suchten einen für uns scheinbar günstigen Augenblick. Die Stimmung war harmonisch. Das Liserl und Bärli spielten miteinander und der Buarli wollte natürlich auch. Weit und breit war nichts und niemand. Die Taschen waren gefüllt mit frischen Wienerle. Der Buarli war die ganze Zeit die Bravheit in Person. Sein Blick war voller Interesse – nur für uns! Voller Vertrauen auf uns und unseren Hund ließen wir ihn, unseren Buarli, von der Leine. . ..
Die ersten 5 Minuten verliefen ganz gut. Er tollte mit den anderen herum, wuzelte das Liserl, hüpfte auf der einen Seite in den Bach, stieg auf der anderen Seite heraus – und machte sich langsam aber sicher aus dem Staub. Weder schimpfen noch locken halfen. Der Buarli blieb unbestechlich. Nur

manchmal schaffte es in ähnlichen Situationen unser Bärli, uns den Buarli zurückzutreiben. Aber meistens war er dann weg. Dazu muss gesagt werden, dass unser Hund nicht zum Jagen neigte. Die leichten Ansätze die er dazu ganz zu Anfangs hatte, konnte mein Mann durch seine spezielle Erziehungsmethode im Keim ersticken. Er verbrachte mit unserem Buarli an der langen Leine viele Stunden im Wald, in denen er mit ihm zusammen nur Rehe und Hasen beobachtete. Das machte er so lange, bis der Buarli keine Rehe und Hasen mehr sehen konnte.
Also, da er kein Interesse am Jagen hatte, besah er sich nur die Gegend. Und wir auch. Ab und zu trafen wir dann auch unseren Hund, der sich dann sehr freute, wenn er uns sah. Besonders beglückt war er beim Anblick unseren Autos. Mit einem Taxi nach Hause gefahren zu werden, fand er nämlich ganz toll!!!

Am Sonntag sollst du in die Kirche gehen !

An einem regnerischen Sonntag Vormittag, als der Regen eine kurze Pause machte, brach mein Mann mit den Hunden zu einem Spaziergang auf. Ich schob meinen Braten ins Rohr, damit wir zeitig zu Mittag essen konnten.
1 1/2 Stunden später, mein Braten war nun wirklich durch, und die Semmelknödel warteten auch schon auf ihr sprudelndes Vollbad, war mein Mann aber immer noch nicht zurück. Draußen goss es mittlerweile wieder in Strömen und ich konnte mir eigentlich nicht vorstellen, dass der Spaziergang noch einen so besonderen Spaß machte. Es verging noch einmal eine geraume Zeit, als dann doch mein Mann endlich nach Hause kam. Er war nicht mehr ganz so trocken, wie vor dem Spaziergang, und die Hunde waren nicht mehr zu dritt, sondern nur noch zu zweit. Mein Mann schäumte vor Wut. Unser Buarli war wieder ausgebüchst!
Zugegangen ist das folgendermaßen: Unser Hunderl hat wieder einmal sein „schau mal wie brav ich bin“ Geschau aufgesetzt, und

mein Mann ist ihm natürlich prompt auf dem Leim gegangen. Das brave Tier hat die Gelegenheit sofort beim Schopf gepackt und sich in Richtung Dorf selbständig gemacht. Mein Mann in seinem Sonntagsanzug – Parka, nicht allzu sauber, Pudelmütze und Gummistiefel ihm hinterher.
Manchmal hat unser Hund Freude an Gesellschaft. So auch an diesem Sonntag. Fromm und besinnlich gestimmt machte sich unser Hund auf den Weg zur Kirche. Leider kam er zur allgemeinen Andacht zu spät, denn die Kirchgänger befanden sich bereits vor der Kirche auf dem Friedhof als der Buarli dort eintraf. Wie gesagt – manchmal ist ihm nach Gesellschaft – also begrüßte er alle sehr freundlich und so wie es sich gehört, den Herrn Pfarrer am freundlichsten. Gestört wurde er bei seiner Menschenfreundlichkeit nur von meinem Mann, der ihn in der Zwischenzeit schnaubend eingeholt hatte. Immer in einigem Abstand gefolgt von seinem Herrchen machte also unser leutseliger Hund seine Runde. Manchmal holte sein Herrchen zwar auf, so dass er nahe an ihn herankam, aber eben doch nicht nahe genug. Die braven Kirchgänger hatten in jedem Fall ihren Spaß und

unser Hund auch. Zum Heimgehen aber hatte unser Buarli noch keine Lust. Hatte doch sein Herrchen kein angemessenes Transportmittel dabei! Also machte sich unser liebes Tier in einem flotten Tempo auf in Richtung Nachbarort.
Mein Mann sah das Misslingen seiner Fangaktion ein und begab sich mit unserer 2/3 Mehrheit auf den Heimweg. Zuhause angekommen machte er sich sofort mit dem Auto auf zu dem Ort, an dem er unseren Hund vermutete. Und ganz richtig. Mitten im Ort befand sich ein schöner großer Bauernhof mit Pferden, Schafen, Gänsen und Schweinen. Unser Hund war bei seiner Runde gerade dabei die kleinen Schweinchen zu inspizieren, als sein treues Herrchen mit seinem Taxi ankam. Anscheinend war das die für ihn angemessene Zeit, denn er hüpfte sofort hocherfreut in sein Auto und ließ sich nach Hause chauffieren!
Und so kamen sie dann wieder daheim an: Ein noch immer grummelnder Mann, der seinen angestauten Frust nicht loswerden konnte , weil man ja schließlich einen Hund der sofort kommt, nicht mehr schimpfen kann – und ein äußerst vergnügter und vollkommen zufriedener Kuvasz.

Viele, viele Spaziergänge endeten mit einer Suchaktion - und einem Hund dem man seine Freude ansah, wenn er wieder zuhause war. Ein schlechtes Gewissen hatte er nie!

Ein gutes Gewissen ist ein sanftes Ruhekissen!!!

Spielregeln

Am 2. April war es dann soweit. Unsere Tochter Tanja kam per Kaiserschnitt auf die Welt.
Gott sei Dank kerngesund und munter. Das da natürlich außer viel Freude auch noch ein gewisses Quantum an guten Ratschlägen dabei war, ist, glaube ich, natürlich. Vor allem der Umstand, dass unsere Tochter zwischen drei großen Hunden aufwachsen sollte, wurde fleißig beredet und debattiert. Meine Schwiegermutter war sich absolut sicher, dass das nie gut gehen kann. Sie war fest davon überzeugt, dass unser Kind in großer Gefahr war, weil man ja doch immer wieder von Unglücksfällen mit Kind und Hund in der Zeitung liest.
Dazu muss ich, auch wenn mich das Gerede oft genervt hat, fairer weise zugeben, dass daran auch etwas Wahres dran ist. Es passiert leider immer wieder, das ein Hund ein Kind beißt und so traurig es ist, auch in der Lage ist, ein Kind zu töten. Das sollte sich jeder Hundebesitzer immer vor Augen halten. Die Gefahr ist da! Nur wenn man sich darüber im Klaren ist, wird man wirklich

vorsichtig sein. Und das waren wir, und sind es bis heute immer geblieben.
Ein Hund ist und bleibt ein Hund, genauso wie ein Kind eben immer ein Kind bleibt. Da ist es wichtig die Spielregeln zu kennen und sich auch strikt daran zu halten!
Ganz wichtig : Ich lasse mein Kind nie unbeaufsichtigt allein mit den Hunden! Auch dann nicht, wenn sie normalerweise harmlos sind. Hunde sind ebenso unberechenbar wie Kinder. Wenn sie alleingelassen werden, kann man im Notfall nicht eingreifen! Für eine gefährliche Situation reichen oft nur minimale Anlässe. Man muss sich nur vorstellen, wie leicht Kinder streiten. Bei Hunden ist das nicht anders. Da genügt es oft schon, dass ein Hund etwas findet, das der andere auch will, und schon hat man die tollste Keilerei. Wenn da zum Beispiel ein Kind dazwischen kommt, ist das eine Katastrophe!
Ebenso wichtig: Ich bringe meinem Kind von Anfang an den richtigen Umgang mit den Hunden bei:

- Ich fasse keinen Hund so einfach von hinten an, denn er könnte erschrecken!
- Ich darf keinem Hund weh tun!

- Mein Hund ist kein Spielzeug und ich bin nicht sein Chef! (denn kein Hund mag es, wenn er von Kindern sinnlos herumkommandiert wird, es sei denn es ist ein Spiel, und dem Hund gefällt es so)!
- Ich fasse keinem Hund in sein Essen und lasse ihn in Ruhe, wenn er frisst!
- Ich respektiere es, wenn der Hund seine Ruhe haben will!
- Wenn die Hunde Streit haben, gehe ich weg!
- Dem Hund seine Schlafstelle ist für mich tabu!
- Wenn bei mir Kinder auf Besuch sind, achte ich darauf, dass sie die Spielregeln auch befolgen!
- Ich streite mich nie mit anderen Kindern in der Gegenwart von meinen Hunden!
- Ich fasse einen fremden Hund nur dann an, wenn ich das dazugehörige Frauchen oder Herrchen um Erlaubnis gefragt habe!

Die nächste Regel ist vor allem für Familien, die noch nie einen Hund hatten, unerlässlich und für jeden anderen auch ratsam: Man soll sich Gedanken über die Abstammung eines Hundes machen! Der Hund stammt vom Wolf ab. In einem Wolfsrudel gibt es eine Rangordnung, die strikt eingehalten wird.
An erster Stelle kommt der Anführer. Er wurde Anführer, weil er das stärkste und klügste und auch das dominanteste Tier im Rudel ist.
Dann geht das der Reihe nach weiter. Jeder hat seinen Platz. Und ganz zum Schluss kommen die Welpen. Sie werden zwar in der Regel akzeptiert, aber sie haben nicht das Sagen!
Ich denke das dieses Wissen für ein möglichst problemloses Familienleben mit Hund sehr hilfreich ist. Man braucht sich nur an dieses Prinzip mit der Rangordnung erinnern. Umgesetzt schaut das dann in etwa so aus:

Rang 1 - Herrchen oder (und) Frauchen
Rang 2 - Kinder
Rang 3 - Hund

Bei mehreren Hunden wird die Rangordnung unter den Hunden selbst ausgemacht, bei Neuzugängen vom Chef!
Diese Rangordnung muss man sich aber erst erarbeiten. Das sollte jedem Hundebesitzer klar sein! Und je dominanter der Hund, desto schwieriger der Kampf um den 1. Platz als Anführer! Das man diesen Platz erreicht, ist kein soll, sondern ein M U S S ! ! !
Nur dann wird die Lage in der Familie entspannt und auch wesentlich ungefährlicher. Wie man sich seinen Hund am besten erzieht, dazu sind die verschiedenen Hundebücher, Hundeschulen und in besonderen Fällen Hundeausbilder, bestimmt eine große Hilfe. Ich will nur noch zwei Ratschläge geben:
1. Lasst euch nie eine Unsicherheit oder eine Angst anmerken, noch besser: Nie unsicher oder ängstlich sein! Nur wer von sich selbst überzeugt ist, dass er der Boss ist, und nicht sein Hund, wird auch der Boss sein!
2. Haltet euren Hund in der Familie. Lasst ihn am Familienleben teilhaben. Wenn ein Baby da ist, nehmt den Hund zum Wickeln mit und sperrt ihn nicht weg. Damit ver-

meidet ihr das Aufkommen einer Eifersucht, diese Gefahr ist sonst groß, wenn der Hund plötzlich abgeschoben wird!
So wie es bei uns war, musste auch die Rangordnung zwischen den Hunden festgelegt werden. Als der Buarli bei uns ein Zuhause fand, war da auch schon der Bärli, damals schon 11 Jahre alt, und das Liserl. Die Rangordnung zwischen den Hunden war erstaunlicherweise sofort klar. Der Buarli akzeptierte Gott sei Dank unseren damals ja schon betagten Bärli sofort als Rangersten. Hätte er das nicht getan, und versucht den Bärli zu unterwerfen, wären mein Mann und ich unserem Bärli gegenüber verpflichtet gewesen, den Balou in seiner Dominanz zu bremsen. Denn als Neuankömmling stünde ihm der Platz als Anführer nicht zu. Bei uns war es in jedem Fall immer die Regel, dass bei einem Neuzugang die „Alten“ das Vorrecht haben. Dadurch haben wir sehr selten Eifersuchtsprobleme.
Mit dem Liserl war das nicht so besonders wichtig, weil die mit ihren 3 Jahren außer Spielen nicht viel im Sinn hatte. Ihr war es nur wichtig, dass sich die „Männer“ oft genug mit ihr rangelten.

Die Rangfolge zwischen uns und dem Buarli war da schon schwerer zum Durchsetzen. Vor allem sein doch recht schwer zu durchschauender Charakter machte uns oft Probleme. Mit der normalen strikten Erziehung kamen wir nicht weit. Er blockte ganz einfach total ab. Er tat einfach so als hörte er nichts, und verstand noch weniger. Bei ihm waren wir dann bei manchen Dingen, die nicht wirklich wichtig waren kompromissbereit, und haben zum Beispiel seine Diebereien und auch seine anderen Streiche mehr oder weniger akzeptiert. Da es ihm ja da an Einfällen nie gemangelt hat, und er uns sehr oft zum Lachen gebracht hat, fiel uns das auch nicht weiter schwer. Dafür haben wir uns in allen wichtigen Fragen den Platz als Anführer mit der Zeit gesichert. Der Kampf war zwar hart und hat uns sehr viel Ausdauer gekostet, aber es hat sich gelohnt!

Hilfe! Unser Hund ist krank!

Am Anfang, als wir den Buarli zu uns holten, stellten wir nach kurzer Zeit fest, dass der Hund nicht auf dem Posten war. Er hustete und kratzte sich dauernd an den Ohren. Auch hörte man, wenn er atmete, ein raschelndes Geräusch.
Also fuhr ich mit ihm zum Tierarzt in den Nachbarort. Der hörte ihn ab und stellte die Diagnose: Zwingerhusten. Dafür bekamen wir ein Antibiotika und für die Ohren eine Salbe.
Zuhause musste ich ihm die Medizin natürlich verabreichen. Die Tablette machte das kleinste Problem. Die packte ich ihm einfach in eine Streichwurst. Dann schluckte er sie in einem.
Aber die Ohrensalbe! Mein lieber Schwan! Das mochte er gar nicht!
Weil ich glaubte, dass ich das allein nie schaffe, holte ich meinen Mann zu Hilfe. Das machte das Tohuwabou noch größer. Kurze Zeit nach unserem Kampfbeginn, war ein Hemd zerrissen, ein Arm blutig verkratzt und im Eifer des Gefechts sind wir auch noch mit den Köpfen zusammengestoßen, so dass zumindest meine Stirn

eine Beule zierte. Die Salbe war überall, nur nicht da wo sie hingehörte und der Rest der anderen Familienmitglieder hat schnell das Weite gesucht.
Erschöpft aber erfolglos gaben wir uns dann nach einiger Zeit geschlagen und unser Dickkopf legte sich mit befriedigter Miene wieder auf seinen Platz.
Leider war damit die Sache nicht erledigt. Der Buarli kratzte sich immer schlimmer an seinem Ohr, und man merkte, dass er Schmerzen hat.
Tags darauf machte ich mich, als ich dann mit ihm allein war, wieder auf zu einem neuen Versuch. Angefangen habe ich damit, dass ich ihn gekrault habe und auch ein paar Leckerlis habe ich ihm gegeben. Die Salbe hatte ich, damit er sie nicht gleich sieht, schon geöffnet in meiner Jackentasche deponiert. Ohne mit dem Kraulen aufzuhören, habe ich dann möglichst unauffällig und ruhig die Salbe hervorgeholt, und ihm ohne zu zögern die Salbe ins Ohr geschmiert.
Es war nicht so schlimm wie er befürchtet hatte, aber beim zweiten Ohr machte er mir dann wieder nicht mehr mit. Also wartete ich eine Weile, und verarztete dann sein

zweites Ohr auf dieselbe Weise. Bis heute hat sich an dem nichts geändert. Nur mit Ruhe, und allein kann ich den Balou, genannt Buarli, verarzten.
Seinen Zwingerhusten konnten wir dann bald ganz kurieren, nur mit seinen Ohren hat er immer wieder ein Problem. Aber das ist nicht mehr so schlimm. Weil er ja genau weiß, dass ihm seine Salbe gut tut, lässt er sich mittlerweile sehr leicht behandeln. Damit er nicht so häufig Probleme bekommt, versuche ich ihn so gut es geht, von Zugluft fernzuhalten. Das erinnert mich wieder an den Umgang mit kleinen Kindern. Zu denen muss man auch immer sagen, sie sollen sich warm anziehen und sich nicht in die Zugluft setzen. Mit dem Buarli verhandele ich oft ähnlich: „Buarli geh da weg! Dir wird es zu kalt!“

Zwischendurch macht sich die Verzweiflung breit!

Die Anfangszeit mit unserem Kuvasz entpuppte sich als knochenhart. Wir hatten ihn zwar sehr lieb, und hergegeben hätten wir ihn bestimmt nicht mehr, aber es war eine wirklich nervenaufreibende Zeit.
Fast kein Tag verging ohne irgendwelche Überraschungen. Wir waren die meiste Zeit am Hund suchen, dazu kam dann natürlich unsere andere Arbeit, die man ja auch noch so hat. Wenn dann noch ein bisschen Zeit übrig war, spielten wir im Garten das Spiel: „ Wie machen wir den Zaun ausbruchsicher ?“ Einmal mehr in die Höhe, dann wieder etwas in die Tiefe!
Zudem war ich mit der Tanja hochschwanger, und konnte auch nicht mehr so rumrennen wie ich wollte. Viele Suchaktionen blieben meinem Mann allein. Ich saß dann oft nur am Telefon, und wartete, bis mich Leute anriefen und mir sagten, dass sie unseren Hund gesehen hätten.
Interessant war die Suche vor allem in der Nacht, wenn wir Schnee hatten. Einen wei-

ßen Hund kann man nämlich auf weißem Hintergrund überhaupt nicht sehen.
Immer machten wir uns Sorgen, wenn der Hund nicht da war. Es könnte ja wirklich alles mögliche passiert sein. Ab und zu bekamen wir dann auch Probleme mit irgendwelchen Leuten, die das eben nicht so gut fanden, wenn unser Hund allein unterwegs war.
In dieser Zeit habe ich viel Kontakt mit allen möglichen Hundetrainer und Kuvasz-Experten gepflegt. Jeder bestätigte mir, dass diese Rasse von Haus aus schwierig und sehr freiheitsliebend ist. Es wurde mir über Hunde berichtet, die tagtäglich allein riesige Entfernungen, zum Teil bis zu 30 km, zurücklegten. Viele Kuvasz Besitzer raufen sich die Haare, weil der Hund nicht zu bändigen ist, und fast bei jedem werden die Zäune immer höher.
Das einzige, was mir dann oft, wenn ich mit meinen Nerven wirklich total am Ende war, ein Trost war, ist die Tatsache, dass die Lebenserwartung eines Kuvasz zwischen 8 und 10 Jahren liegt. Angeblich! Und die Hoffnung, dass er mit den Jahren ja auch ruhiger werden könnte.

Da unser Buarli ja schon 6 Jahre alt war, als wir ihn bekommen haben, so dachte ich, würde ich die nächsten maximal 4 Jahre hoffentlich auch noch ohne Nervenzusammenbruch überleben.
Was ich damals natürlich nicht wissen konnte, ist die Tatsache, dass unser Buarli da eine große Ausnahme macht. Wir haben ihn nämlich immer noch. Er erfreut sich bester Gesundheit und ist mittlerweile mindesten 16 Jahre alt. Und er stellt täglich etwas an. Das hält ihn jung und lebenslustig! Er erinnert immer mehr an das Schelmstück: „ Der verkaufte Großvater“! Und wenn er einen Tag lang mal nichts anstellt, mache ich mir Sorgen!

Wir gehen in die Hundeschule

Nachdem wir uns dann sicher waren, dass uns unser Dickkopf bleiben würde, und wir aber täglich unsere Kämpfe mit ihm austrugen, entschlossen wir uns dazu, ihn in die Schule zu geben. Das dafür erforderliche Alter hatte er ja leicht, also brauchten wir uns um mögliche seelische Schäden keine großen Sorgen zu machen. Die Sorgen machten wir uns mehr um uns und um die Ausbilder.
Damit er sich nicht so einsam vorkam, nahmen wir unser Liserl auch gleich mit. Das Liserl war nämlich auch ein Hund aus bereits 5. Hand und viel gelernt hatte sie in ihrem Leben auch noch nicht. Was sie sehr gut konnte, war aufpassen, dass sie genug zum Essen bekommt!
Den Bärli nahmen wir natürlich auch mit, auch wenn der wirklich keine Erziehung mehr brauchte, denn der gehorchte aufs Wort. Trotzdem war es uns wichtig, dass wir ihn dabeihatten. War er doch unser ältester und rangerster Hund und darauf war er sehr stolz!

Bevor es losging, machten wir mit unseren Hunden noch einen ausgiebigen Spaziergang, damit sie noch ihre kleinen und großen Geschäfte verrichten konnten. Außerdem nutzten wir die Gelegenheit dazu, dass sich die Hunde untereinander beschnuppern konnten. Dann gingen wir mit unseren 2 Schülern und dem Bärli auf den Hundeplatz. Mein Mann hatte das Liserl und den Bärli dabei. Ich unseren Buarli.
Wir stellten uns mit den anderen Teilnehmern des Kurses der Reihe nach an. Zuerst gab es natürlich etwas Unruhe, denn jeder Hund musste sich an diesen Umstand, dass da plötzlich so viele andere Hunde sind, erst gewöhnen. Mit der Zeit wurde diese Unruhe aber immer weniger, und die Routine mehr. Wir gingen mit etwas Abstand zu unserem Vorder- bzw. Hintermann nacheinander mit unseren angeleinten Hunden im Kreis. Der Bärli als einziger ohne Leine. Die war bei ihm nicht nötig, denn er ging bei seinem Herrchen sowieso immer „bei Fuß".
Das Liserl trabte mit elegant aufreizendem weiblichen Hüftschwung auch ganz brav mit. Ich ging mit dem Buarli gleich im Anschluss. Aber das gefiel ihm nicht. Es pass-

te ihm gar nicht, dass er hinten ging. Also zog er wie ein verrückter an der Leine, und auch das ruckweise zurückziehen mit dem Zugband half so gut wie gar nichts. Er wollte einfach nach vorne! Der Hundetrainer bemerkte natürlich dem Buarli seine sturen Versuche nach vorn zu kommen, und weil es ja die erste Stunde war, versuchten wir es mit einem Platztausch.
Ich mit dem Buarli vorne, mein Mann mit dem Liserl und dem Bärli hinten. Das gefiel dem unmöglichen Hund aber auch nicht. Er drehte sich um und ließ sich rückwärts hinterher schleifen. Meine Arme waren schon lahm, und vom „bei Fuß gehen“ konnte man da bestimmt nicht reden. Also versuchten wir es anders. Wir gingen dann nebeneinander, der Buarli neben dem Liserl und dem Bärli. Das ging dann schon wesentlich besser, und unser Trotzkopf hatte seinen ersten Sieg davongetragen.
Dann kam die Sache mit dem Sitz! Dieser Befehl wurde vom Bärli in sekundenschnelle ausgeführt. Beim Liserl musste man ein bisschen nachhelfen. Beim Buarli kam die Sache ins Stocken. Alle saßen schon ewig lange. Die ganze Reihe von gut 20 Hunden saß da wie hingepickt.

Unser Bockschädel stand immer noch auf seinen 4 Beinen, in seinem Blick der pure Trotz. Alle Bemühungen und Hilfestellungen mit der Leine und hinten niederdrücken, halfen gar nichts. Er brauchte ja auch eigentlich gar keine Hilfestellung. Er wusste genau was ich von ihm wollte.
Aber das Problem war eben, dass *ich* das wollte. *Er* wollte das auf gar keinen Fall. Pure Kraftaufwendungen waren auch sinnlos, weil man gegen einen ausgewachsenen Kuvasz einfach keine Chance hat.
Da blieb mir nur noch eines übrig. Ich holte mir den Bärli her. Der kam sofort auf das erste Wort, und riesig stolz, weil er genau merkte, dass ich seine Hilfe brauchte.
Ich stellte den Bärli genau neben den Buarli, und gab den Befehl „Sitz" und der Bärli saß. Das Liserl auf der anderen Seite saß auch.
Beide haben wir vor diesem Quadratschädel überschwänglich gelobt. Den Buarli haben wir in seinem Trotz gar nicht mehr beachtet. Wir gingen wieder ein paar Meter.
Noch mal das selbe Spiel.
Ungefähr nach dem 5. Kommando „Sitz", setzte sich unser Kuvasz auch, und wurde

von uns dann natürlich genauso gelobt, wie die anderen auch.
Denn nur zuschauen, wenn die anderen gelobt werden, konnte er dann doch nicht.
Von da an war die Hundeschule dann nicht mehr ganz so anstrengend. Die anderen Übungen hat er alle sehr schnell begriffen und er war dann wirklich einer der besten Hundeschüler.

Im Anschluss an die Hundeschule ging es dann ***auf zum*** . . . . .

.... großen Zamperlrennen

Was ist ein Zamperlrennen ?

Ein Zamperlrennen ist ein Gaudiwettrennen verschiedenster Hunderassen und abenteuerlichsten Kreuzungen jeden Alters und jeder Größe.

Es läuft so ab, dass sich auf der einen Seite – dem Ziel – alle Herrchen und Frauchen versammeln, am anderen Ende – also am Start – viele Hilfspersonen die die jeweiligen Zamperl am Halsband festhalten. Auf das Startzeichen lassen die Helfer die Zamperl los und die gespannte Herrchen- und Frauchenschar lockt, ruft oder pfeift nach ihrem Zamperl. Gewinner ist, wer sein Hunderl wieder als erster hat!

Da wollten wir natürlich auch mitmischen. Die Frage war nur: Mit wem?

Wir entschieden uns, aus Rücksicht auf unseren doch schon älteren Bärli, für das Liserl und für den Balou.

Uns an die Spielregeln haltend, gaben wir die zwei hübschen bei zwei netten Helfern ab, und begaben uns an die Ziellinie. Unsere Hunde, sowie die meisten anderen, zerrten ungeduldig an ihren Halsbändern. Als

alle an der Ziellinie waren, wurde endlich das Startzeichen gegeben.
Wir schrieen so laut wir konnten, und unsere Hunde sprinteten los. Das Liserl rannte so schnell sie konnte, aber der Buarli war schneller. Er setzte sich rasch an die Spitze der Meute. „Nur noch wenige Meter und er hat das Rennen gewonnen“, dachte ich mir – und mein Schmuckstück blieb mit einem Ruck stehen, sah mich frech an und bog nach links ab. Mitten in die Zuschauermenge. Dort hat er nämlich ein paar reizende Hundedamen entdeckt, denen er seine Aufwartung machen wollte.
Auf meine Gefühle nahm er überhaupt keine Rücksicht. Ich glaube auch nicht, dass ihm bewusst war, wie blamabel das für mich war. Die Menge johlte vor Glück und ich bin der festen Meinung, dass der Buarli mehr Aufmerksamkeit bekam, als der brave Sieger. Auf jeden Fall haben wir die Menge dann noch eine Zeit lang unterhalten, denn bis ich den Ausreißer wieder hatte, verging eine kleine Weile, und kennen gelernt haben ihn alle!

Ein musikalisch besinnlicher Abend

An einem besonders ruhigen harmonischen Abend, war ich gerade in der Küche beschäftigt. Ich kochte, spülte ab und räumte zusammen. Ausnahmsweise war ich allein in der Küche.
Die Küche, das Wohn- und das Esszimmer hingen auf einer Etage mit freiem Durchgang zusammen. Man konnte gut hören was im Wohnzimmer los war.
Die Tanja schlief fest, und mein Mann war wie immer in der Werkstatt.
Plötzlich fiel mir auf, dass ich aus dem Wohnzimmer die letzten 10 Minuten laufend dieselbe Melodie hörte, und das obwohl ich weder den Fernseher noch ein anderes Musikgerät eingeschaltet war. Es war eine mir sehr bekannte, vertraute Musik.
Als mir das dann endlich aufgefallen ist, bin ich neugieriger Weise doch ins Wohnzimmer zum Nachschauen gegangen.
Der Anblick der sich mir bot, war grandios. Unsere drei Hundekinder saßen, die Köpfe schön nebeneinander, auf unserem

großen Hirtenflokati. Rechts der Bärli, in der Mitte das Liserl und auf der linken Seite der Buarli. Alle drei waren ganz vertieft, und bemerkten mich gar nicht.
Das Liserl hielt etwas rundes, rosafarbenes zwischen ihren Pfoten, und in ihrem Mund hielt sie andächtig eine Schnur, an der sie in regelmäßigen Abständen immer wieder zog.
Sie haben die Tanjas Spieluhr gefunden.
Das Musikhören machte ihnen ganz offensichtlich sehr viel Freude, und für Mozart hatten sie anscheinend eine besondere Schwäche, denn mit der Spieluhr spielten sie noch oft.
Am nächsten Tag kaufte ich für unser Baby dann eine neue Spieluhr, damit es keinen Grund zum Streiten geben sollte.

Vermisst !

Eines schönen Vormittags war unser Buarli wieder einmal verschwunden. Unsere Oma hatte es wieder einmal nicht geschafft, die Türe richtig zu schließen, und diese Gelegenheit nahm der Gauner natürlich sofort war.

Wir machten uns sobald wir es bemerkten, auf die Suche. Aber die blieb erfolglos. Eine Nachbarin rief mich zwar an und erzählte mir, dass der Buarli bei ihnen auf Besuch war, aber bis wir dort ankamen, war von unserem Hund nichts mehr zu sehen. Mit dem Auto und zu Fuß hielten wir nach unserem Hund Ausschau. Nichts! Dann wurde es dunkel, und unser Buarli war immer noch nicht zu Hause.

Wir begannen uns Sorgen zu machen, weil so lange ist er doch noch nie weggeblieben. Da es in der Dunkelheit sinnlos war weiterzusuchen, haben wir unsere Aktionen eingestellt. So eine Nacht ist sehr unruhig. Jede Stunde bin ich aufgestanden, und habe nachgeschaut, ob der Hund endlich da ist, und bei jedem Geräusch bin ich sofort wachgewesen.

Am nächsten Morgen war unser Hund immer noch nicht da. Ich fragte bei der Polizei nach und bei sämtlichen Tierheimen, beim Jäger und bei allen möglichen Leuten. Die meisten kannten den Buarli, aber gesehen hat ihn keiner.
Der Umkreis in dem wir unseren Ausreißer suchten, wurde immer größer. Ebenso wie unsere Verzweiflung! Am Mittag waren wir immer noch ohne eine heiße Spur, und unsere Hoffnung sank. Dann – am frühen Nachmittag ein Lichtblick: Wir bekamen einen Anruf von einer uns völlig unbekannten Frau, 10 km von uns entfernt. Sie hat einen großen weißen Hund gesehen, wie er bei ihr durch den Hof lief, und von einer Bekannten erfahren, dass wir so einen großen Hund haben.
Wir setzten uns natürlich sofort ins Auto und fuhren los. Bis wir bei der Frau ankamen, war dieser Hund zwar schon wieder fort, aber es wurde uns erzählt, dass er was zu Fressen gesucht hat, sich aber weder anfassen, noch einsperren ließ. Er kam ihnen ziemlich verschreckt vor, und hat schnell das Weite gesucht. Weil sie dieses weiße Tier beobachtet haben, konnten sie

uns auch noch sagen, welchen Weg er weitergelaufen ist.
Sofort hefteten wir uns an seine Fersen.
Nach ein paar Kilometern trafen wir dann auf einen Haufen spielender Kinder. Die erzählten uns dann, das ein schöner großer weißer Hund sich gerade von ihnen streicheln ließ, und dann wieder weiterlief.
Gerade war ich im Begriff, wieder ins Auto zu steigen, als mit einem Affenzahn unser Buarli die Straße entlang, auf uns zulief.
Seine Erleichterung war ihm schon aus der Ferne anzusehen. Er war richtig froh uns zu sehen, und fix und fertig! Er hat tatsächlich nicht mehr heimgefunden. Damals hatten wir ihn noch nicht so lange, also kannte er die Umgebung noch nicht so gut, und in manchen Orten war nämlich auch noch Treibjagd. Also hatte er wirklich ein unglaubliches Glück gehabt!
Überglücklich fuhren wir mit unserem Sorgenkind wieder heim, und nachdem er ausreichend gefuttert und getrunken hatte, sank er erschöpft auf seinen Schlafplatz, und schlief sofort ein.
Von da an hatten wir es mit dem Buarli leichter. Er haute zwar immer noch ab und

zu mal ab, aber nie mehr so lange, und er ging auch nicht mehr so weit.
Uns sah er auch immer mehr als seine Anführer an, und auch wenn er selten aufs Wort hört, im Großen und Ganzen gehorcht er.

Ich backe einen Kuchen

Es war an ein wunderschöner Sonntag, und wir erwarteten für den Nachmittag Besuch zum Kaffee trinken. Also machte ich mich am Vormittag ans Kuchenbacken. Die Hunde leisteten mir wie gewöhnlich Gesellschaft, und überwachten das Ganze kritisch. Da ich einen ganz besonderen Kuchen machen wollte, nahm ich für den Teig nur die besten Zutaten: Rum, Kakao, frisch von Hand geschälte und gemahlene Walnüsse. Als der Rührteig fertig war, und ich ihn in die Kuchenform füllen wollte, klingelte es an der Haustür. Wie üblich waren alle drei Hunde vor mir an der Tür, und machten einen Mordsradau, der sich, nach dem sie unseren Nachbarn erkannten, auch gleich wieder legte.
Der Sepp wollte mir schnell über ein paar wichtige Neuigkeiten berichten, deshalb zog sich unser Gespräch ein wenig in die Länge.
Im Anschluss ging ich sofort wieder in die Küche, und machte mich wieder frisch ans Werk. Schnell nahm ich die Rührschüssel,

die immer noch am selben Fleck stand, in die Hand und füllte den Teig in die Form. Das heißt – ich wollte den Teig in die Form füllen. Fest steht, dass aus meiner Rührschüssel kein Teig in die Form lief, weil nämlich die Schüssel plötzlich federleicht, und vor allem ganz und gar leer und sauber war.
Den Rum hatte ich in den Teig geschüttet und keinen Schluck davon gekostet, und auch sonst war ich hundertprozentig nüchtern, und hatte auch keine gefährlichere Geisteskrankheit!
Also ging ich die Ursache anderswo suchen. In meinem näheren Umfeld saßen drei Katzen auf dem Fensterbrett in der Sonne, und unsere drei Hunde lagen absolut brav und friedlich auf dem Küchenboden. Alle sahen völlig unschuldig drein.
Bei genauerer Betrachtung allerdings, sah man zwischen den Hunden doch einen Unterschied: Während der Bärli und das Liserl blitze blanke Schnauzen und Ohren hatten, sah man an unserem Helden im weißen Gewand braun/ weiß gesprenkelte, und nach Rum riechende Teigreste dekorativ um den Mund und an den Ohren pappen.

Wie er es geschafft hat, die Schüssel zu leeren, ohne sie zu verrutschen, weiß ich nicht. Fest stand, dass ich mit dem Kuchen backen noch mal von vorne anfangen musste. Nur diesmal nahm ich gemahlene Nüsse aus der Tüte.
Und was tat unser Buarli: Der wartete gut gelaunt auf den Nachmittag. Denn ein gebackener Marmorkuchen ist auch sehr gut!

Unser Kind und unsere Hunde

Als unser Kind auf die Welt kam, hatte es zwar keine Geschwister, aber drei Hunde und drei Katzen zur Gesellschaft. Sie hat es gar nicht anders kennen gelernt. Furcht vor den Hunden hatte sie natürlich nie. Das war einerseits sehr gut, auf der anderen Seite, mussten wir immer ein wenig auf der Hut sein, damit sie nicht zu unvorsichtig wird. Vor allem bei fremden Hunden war sie schnell ein bisschen zu forsch. Ihr kam es gar nicht in den Sinn, dass nicht alle Hunde so sind, wie die unseren. Viele Hunde sind kleine Kinder aber nicht gewöhnt, und manche haben mit Kindern auch schon schlechte Erfahrungen gemacht. Deshalb reagieren sie beim bloßen Anblick eines Kindes schon aggressiv.

In Tanjas ersten Lebensjahren habe ich mit ihr, vor allem wenn wir beim Einkaufen unterwegs waren, immer den Umgang mit fremden Hunden geübt, und war sehr darum bemüht, ihr ein gutes Beispiel zu geben. Mit der Zeit hat sie das dann auch gut begriffen, und heute hat sie für sämtliche Hunde eine gute und vernünftige Umgangsart.

Gleich als ich von meiner Schwangerschaft erfahren habe, machte ich mir vor allem um unseren Bärli Gedanken. Der war schon 11 Jahre alt, als die Tanja geboren wurde. Kinder war er überhaupt nicht gewöhnt. Im Gegenteil! Kinder nervten ihn, und wir hatten auch selten
Kinder zu Besuch. Eine große Ausnahme machten da meine Patenkinder. Die Sandra und der Sascha. Die waren beide hundetauglich erzogen, und auch unser Bärli mochte sie sehr.
Dass unser Kind aber trotzdem von allen Hunden so gut akzeptiert wurde, glaube ich lag vor allem daran, dass wir unsere Hunde nie ausschlossen. Sie waren wirklich überall dabei. Egal ob das beim Wickeln war, oder beim Baden. Sie waren dabei, wenn wir im Wohnzimmer mit der Tanja auf dem Boden spielten, genauso, wenn ich mein Kind gestillt habe. Einen Ausflug machten wir soweit es ging, nie ohne die Hunde. Dadurch kam zwischen unserem Kind und den Hunden nie ein Gefühl von Eifersucht auf!
Was zwar ganz natürlich ist, aber auch noch ungemein hilfreich: Ein Baby kommt sehr klein auf die Welt. Durch die doch relativ

langsame Entwicklung von so einem Menschenkind können die Hunde sich schrittweise an das Kind gewöhnen. Sie wachsen sozusagen zusammen!
So war es eigentlich kein Wunder, dass unser Bärli, als unter unseren Hunden der Rangälteste, der Wächter unserer Tochter wurde. Egal wo unser Kind war, der Bärli war immer dabei und wachte über ihr, wie ich es mir nie hätte träumen lassen. Als wir dann im Alter von 14 Jahren unseren Bärli einschläfern mussten, übernahm unser Buarli automatisch seine Rolle.

Unser Liserl fungierte als Spielhund. Sie war der Clown! Mit ihr war es der Tanja nie langweilig. Sie sprang zum Vergnügen unserer Tochter über alle Gräben, wenn sie ihr einen Stock warf. Sie spielte mit ihren alten, zerbissenen Stofftierchen und sie war der einzige Hund, mit dem wir unser Kind, als es 5 Jahre alt war, auch einmal allein spazieren gehen lassen konnten. Als sie dann ganz unerwartet im Alter von 9 Jahren starb, verloren wir in ihr einen lustigen und lieben Begleiter unserer Tochter!
Mit dem Buarli war das ganz anders. Wenn wir dabei waren, ließ sich der Kuvasz ohne

weiteres von ihr an der Leine führen. Das machte die Kleine natürlich mächtig stolz. Den Buarli führte sie nämlich am liebsten, weil er so schön groß ist, und er ging auch mit der Tanja vorbildlich mit. Aber nur in unserer Gegenwart!
Nach dem Tode unseres Bärlis war er der Wächter, aber die Tanja konnte ich mit ihm nicht alleine irgendwohin schicken. Er übernahm nämlich, vor allem als die Tanja noch kleiner war, zu 100 Prozent die Führung. Der Tanja ihre Wünsche akzeptierte er überhaupt nicht. Sie hatte genau das zu tun, was er wollte. In seinen Augen war sie eben der Welpe, und hatte zu tun, was er bestimmt.
Und da ich mein Kind nicht unbedingt von irgendeinem Misthaufen herunterholen wollte, weil es unserem Hund da oben gefällt, und ich dem Kräfteverhältnis Kind – Hund sowieso nicht traute, machte ich auch keinerlei weiteren Experimente in diese Richtung. Dafür konnte man sich aber wirklich darauf verlassen, dass er dafür sorgte, dass der Tanja nichts passierte. Als unsere Tochter dann ca. 7 Jahre alt war, konnten wir eine langsame Veränderung in seinem Verhalten feststellen. Der Kuvasz ließ sich

schön langsam immer mehr von ihr sagen.
Man merkte, dass er sie als zumindest ihm ebenbürtig akzeptierte.
Fremde, die ihm nicht gefallen, hat er aber zu keiner Zeit an sie herangelassen, und das hat sich auch bis heute nicht geändert.

Buarlis Freunde

Der Bärli

Der Bärli war der einzige Hund, den ich mir auf ein Inserat hin schon als Welpe holte. Er war eine Mischung aus Tibet-Terrier und Berner Senn. Damals kannte ich meinen Mann noch nicht. Von klein auf war er nur auf mich fixiert. Männer konnte er, mangels guter Erfahrung, gar nicht leiden. Und vor allem die Männer, die sich zu Nahe an mich wagten, hätte er am liebsten in der Luft zerrissen.
Als ich im Juni 1994 einen Spaziergang mit dem Bärli um einen See machte, bin ich über einen Angler gestolpert. Der war gerade dabei seine Angelausrüstung wieder einzupacken. Da sah er den Bärli und mich daherkommen. „Ja ist das aber ein Feiner!“, sagte der Mensch. Mich hätte fast der Schlag getroffen. Ging der nicht glatt schnurstracks auf meinen Hund zu. „Bitte nicht anfassen!“, rief ich erschrocken. „Der tut mir schon nichts!“, sagte dieser unmögliche Mann und streichelte meinen Bärli. Und der machte ihm tatsächlich nichts! Das war das erste Mal, dass sich mein Hundebär

von einem fremden Mann hat anfassen lassen. Als wir dann im Dezember des selben Jahres geheiratet haben – ich und der Mann - machte der Bärli auf den Standesbeamten einen so guten Eindruck, dass er als der erste Hund in der Geschichte des Standesamtes in Eggenfelden, bei der Trauung dabei sein durfte! Sozusagen als Trauzeuge!

Der Bärli

Das Liserl

Das Liserl ist in der Nähe einer stark befahrenen Bundesstraße Zuhause gewesen. Gleich neben der Straße habe ich sie auch das erste Mal gesehen. Ich blieb am Straßenrand stehen und lockte das Tier von der Straße weg. Gott sei Dank war sie von Natur aus nicht scheu, und kam, neugierig wie sie nun mal war, auf mich zu. Sie ließ sich gleich am Halsband nehmen und hüpfte auch sofort folgsam in mein Auto.
Den Buarli hatten wir damals noch nicht, der kam kurz nach dem Liserl. Also hatte ich nur den Bärli dabei, aber der hatte nichts gegen fremde Hunde, und das Liserl machte mir einen wirklich harmlosen Eindruck, der sich auch bestätigt hat. Mit dem Hund im Auto machte ich mich dann auf die Suche nach der Herkunft des Hundes. Eine in der Nähe wohnende Bekannte gab mir dann den entscheidenden Hinweis. Sie kannte den Hund. Auch bei ihr war er öfter. Also brachte ich den Hund nach Hause. Das erste was ich da zu hören bekam war, dass der Hund oft ausbüchst und schwer zu erziehen ist. Die Tochter hat sich den Hund von irgendwelchen Bekannten geholt, aber

dann festgestellt, dass sie für den Hund eigentlich keine Zeit hat. Da hat sie den Hund kurzum zu den Eltern gebracht, die aber eigentlich auch keinen Hund wollten. Die Folge war, dass sie
auch für einen Hund nicht richtig angerichtet waren. Es war weder ein Zaun ums Haus, noch nahm man sich Zeit für den Hund.
Auf meine Frage, ob sie denn wissen, was passieren kann, wenn der Hund auf die Straße läuft, und einen Unfall verursacht, konnten sie mir keine klare Antwort geben. Deshalb habe ich sie aufgeklärt. Es ist nämlich so, dass auch eine Versicherung nur dann zur Zahlung verpflichtet ist, wenn der Besitzer dafür Sorge getragen hat, dass sein Hund unter normalen Umständen nicht weglaufen kann. Das heißt, er braucht entweder eine vorschriftsmäßige Laufleine, oder einen angemessen hohen Zaun oder einen Zwinger. Aber das alles verursacht natürlich Kosten!
Bei unseren häufigen Spaziergängen an der Salzach, kam ich mit dem Bärli öfter in die Gegend. Das Liserl sahen wir immer wieder allein herumlaufen. Der Bärli freute sich jedes Mal auf das Wiedersehen und er wur-

de zu meiner Freude wieder wesentlich munterer. Die letzten Jahre war er doch schon ziemlich bequem geworden, und er neigte schon sehr zu einer rundlichen Figur. Zuviel Bewegung hatte er auch nicht, denn unserer Spaziergänge reichten nicht aus, weil er nie auch nur einen Schritt von uns wegging. Er ging genau unser Tempo und das ist für einen Hund viel zu wenig. Mit dem Liserl rannte er aber wieder. Denn die ließ ihn nicht in Ruhe. Nach einem Spaziergang mit ihr, war unser Dicker dann immer rechtschaffen müde.
Eines Tages, als ich das Liserl wieder einmal von der Bundesstraße runtergeholt habe, fragte ich bei den Leuten nach, ob ich das Liserl haben könne. Die hatten nichts dagegen und waren wahrscheinlich froh darüber. Und ich auch! Bei uns ist sie nie mehr ausgebüchst und der Bärli nahm etliche Kilos ab!

`s Liserl

Der Hansi

Den Hansi haben wir geerbt. Er war die erste Katze, die wir in Bärlis Zeiten hatten. Meine Eltern haben ihn in einer Nachtaktion aus der Nähe von Prienbach am Inn geholt. Er war ihnen mitten in der Wildnis trotz Hund nachgelaufen. Total abgemagert und entkräftet kam er ganz Nahe an sie heran. Als sie ihn weiter herlocken wollten, hat ihn ein Schuss erschreckt und er ist wieder weggelaufen. Meiner Mutter hat das aber keine Ruhe gelassen. Mitten in der Nacht bei strömendem Regen haben sie sich wieder auf den Weg gemacht, und sind noch mal an die Stelle gefahren, an der sie den Kater zuletzt gesehen hatten. Er war tatsächlich noch da. Dass sie ihn dann mitgenommen haben brauche ich glaube ich, eigentlich nicht mehr zu erwähnen.
Da meine Eltern aber schon einen Kater hatten, der sehr verwöhnt war, haben wir den Hansi aufgenommen. Er war immer sehr brav und verschmust und dankbar! Leider ist er während eines Spaziergangs an einem Herzinfarkt unerwartet gestorben.

Der Hansi

Der Peterl

Der Peterl war ein Streuner. Der gefürchtetste Kater im Umkreis. Sämtliche anderen Katzen hatten eine wahnsinnige Angst vor ihm. Die Nachbarn beschwerten sich laufend über ihn. Er markierte, stahl was nicht niet und nagelfest war, und verkloppte sämtliche anderen Katzen. Und er war scheu! Mir tat er nur leid! Mit viel Geduld versuchte ich mich ihm zu nähern. Zuerst fütterte ich ihn in der immer offenen Garage, dann auf der Terrasse. Mit der Zeit wurde er zutraulicher und ließ mich auch weiter an ihn heran. Eines Tages war es dann soweit, dass ich ihn auf den Arm nehmen konnte. Ab da war er bei uns Zuhause. Er lernte auch, dass er die anderen Katzen nicht verhauen darf. Das ging zwar nicht von heut auf morgen, und wir brauchten dafür noch einiges an Nerven, aber wir schafften es. Uns war er sein Leben lang treu ergeben. Leider ist auch er schon vor einigen Jahren an einem Kehlkopfkrebs gestorben.

Der Nepomuk

Ich ging mir eine Hose kaufen. Der Bärli hat in der Zeit brav vor dem Geschäft gewartet. Die Verkäuferin war eine nette, tierliebe Frau, die mich, nachdem sie meinen Hund sitzen sah, gleich in ein Gespräch verwickelt hat. Sie erzählte mir, dass sie zur Zeit auf eine kleine Katze aufpasst. Kinder haben ihr das Kätzchen mitgebracht, weil es schon seit Tagen vor dem Kindergarten herumgelaufen ist. Bei ein paar Kindern ist dann die Bemerkung gefallen, dass das „Vieh schon verrecken wird", bis sich dann doch jemand erbarmt hat, und ihr dann das Tierchen gebracht hat. Nur konnte sie es nicht behalten, weil sie berufstätig war. Eine ältere Dame wollte das Kätzchen unbedingt. Weil sie ihr keinen schlechten Eindruck gemacht hat, gab sie das Käterchen dann in deren Obhut. Nur leider war dieser Eindruck falsch. Die Frau konnte weder für sich selbst, noch für das Kätzchen sorgen. Gott sei Dank blieb sie mit der Verkäuferin in Kontakt, und als sie ins Krankenhaus musste, gab sie ihr den Wohnungsschlüssel, damit sie sich um das schwarze Kätzchen kümmern konnte.

Ahnungslos machte sich also Annelies, so heißt die Verkäuferin, auf zum Kätzchenversorgen. Beim Öffnen der Wohnungstüre kam ihr gleich ein entsetzlicher Gestank entgegen. Die Wohnung war total verdreckt, leere Katzendosen, die natürlich auch nicht ausgewaschen
worden sind, lagen überall in der Wohnung verstreut herum, und inmitten von dem Chaos saß verstört und einsam das schwarze Käterchen.
Das alles hat mir die Annelies erzählt. Wie es dann genau weiterging weiß ich heute auch nicht mehr, auf jeden Fall kam ich dann nicht nur mit einer neuen Hose, sondern auch mit einem schwarzen Kätzchen nach Hause.
Mein Mann wusste das natürlich noch nicht. Wir waren zu dieser Zeit noch in Eggenfelden in einer kleinen Drei-Zimmer-Wohnung. Damals hatten wir nur den Bärli und den Hansi. Als mein Mann von der Arbeit nach Hause kam, hat er sich schon gewundert, dass ich ihn nicht wie üblich vom Bus abhole. Aber er hat ja allein heimgefunden. Unsere Begrüßung war dafür sehr schön. Ich hatte meinen schwarzen Standard Pullover an, und den Kleinen auf

dem Arm. Meinen Mann habe ich ganz nett angelächelt. Als er mich dann in den Arm nehmen wollte, hab ich gesagt: „Schau mal, was ich da habe!“, da hat er gestutzt und erst da hat er das Kätzchen gesehen. Seine Miene war reichlich verdutzt! Hatte er doch das Wollknäuel in meiner Hand erst jetzt bemerkt. Nachdem der Schock dann abgeklungen ist, hat sich auch mein armer Mann mit der Situation abgefunden. Der Nepomuk war sehr schnell eingewöhnt und unser Hansi hat sich sehr lieb um ihn gekümmert. Es stimmt nämlich nicht, das man einen ausgewachsenen Kater nicht an ein kleines Kätzchen gewöhnen kann. Alle unsere Kater waren immer besonders lieb!
Bei uns gab es ab da auf jeden Fall noch mehr Unterhaltung, denn ein 8 Wochen altes Kätzchen hält einen schon auf Trapp. Allerdings sah mein Göttergatte ab da meinen alleinigen Einkäufen immer sehr skeptisch entgegen. Wusste er doch nie, was mir da alles über den Weg laufen konnte. Und vor allem, wenn ich Mal sagte:
„ Schau mal, was ich da habe!“, schaute er lustigerweise immer leicht erschreckt!

Peterl der Zweite

Am 3. April 2001 mussten wir unseren Peterl einschläfern lassen. Der Tierarzt hat ihn noch in Narkose gelegt und nachgeschaut, wie weit der Kehlkopfkrebs schon fortgeschritten ist. Als er dann sah, dass er keine Chance mehr hätte, ließ er ihn einfach einschlafen.

Für uns war das ganz furchtbar, aber man steckt eben wirklich nicht drin. Da uns kurz vorher auch unser Hansi und der Nepomuk verlassen haben, standen wir nun mit dem Bärli, dem Liserl und dem Buarli, aber ohne Katze da. Nachdem wir unsere ärgste Trauer überstanden hatten fassten wir dann den Entschluss, uns eine ältere Katze aus dem Tierschutzverein zu holen. Für unsere Tanja war das, nach unserer Ansicht auch das Vernünftigste, denn kleine Miezen haben eben noch sehr scharfe und spitze Krallen und ein dreijähriges Kind hat da doch oft nicht das Verständnis dafür. Auch habe ich was das Thema Katzen anschaffen angeht, auch meine ganz eigenen Ansichten.

Ich habe mit älteren Katzen immer die besten Erfahrungen gemacht. Und ich hatte im

Laufe der letzten 35 Jahre wirklich schon sehr viele.
An dieser Stelle möchte ich wirklich an alle Tierfreunde appellieren: Nehmt euch, wenn ihr eine Katze wollt, ruhig ein erwachsenes Tier aus dem Tierheim. Für eine Katze ist so ein Tierheimaufenthalt meistens eine unbeschreibliche Qual, und eine dankbarere Katze, als eine aus dem Tierheim gibt es nicht!
Dann hat ein älteres Tier auch seine Vorzüge: Eine ältere Katze passt besser auf! Sie hat ihre Erfahrungen schon gemacht. Eine kleine Katze lebt die ersten 3 – 4 Jahre oft sehr gefährlich. Sie muss die Erfahrungen, die sie zum Überleben braucht erst noch machen.
Auch wenn ein in die Jahre gekommenes Tier schon ruhiger ist, spielen mag es trotzdem noch bis ins hohe Alter! - Vorausgesetzt man gibt sich mit ihm ab!
Zugegeben: Es kostet etwas mehr Mühe mit einem älteren Tier – aber auch ein junges kann am Anfang Probleme machen. Auch kann es natürlich sein, dass eine Katze aus dem Tierheim krank ist. Aber auch bei einem jungen Kätzchen bekomme ich keinen Garantieschein, und jedes gesunde Tier

kann irgendwann krank werden. Ich für meinen Teil kann nur sagen, dass ich es noch nie bereut habe, wenn wir wieder ein älteres Tier aufgenommen haben. Den Dank dafür haben wir täglich erlebt!

Noch ein paar Denkanstöße, für den Fall, dass sich der eine oder andere jetzt ein Tier zu sich holen will:

1. So etwas muss gut überlegt sein!
2. Steht ein Wohnungswechsel, Partnerwechsel, etc. an?
3. Kein Lebewesen läuft so einfach mit, auch das kleinste Tier will versorgt sein. Und zwar täglich! (Sogar Ehemänner haben manchmal Hunger!)
4. Bin ich bereit für mein Tier die täglich notwendigen Opfer zu bringen? (manche Katzen z. B. wecken einen auch am Wochenende um 5 Uhr, andere haben vielleicht andere Mätzchen!)
5. Eine Katze ist kein Computer! Sie hat ein eigenständiges Leben!

6. Ist mein Tier für die Umgebung, in der ich wohne geschaffen? (Vielleicht geht eine stark befahrene Straße am Haus vorbei oder ist es eine Mietwohnung?)
7. Was sagt der Rest der Familie?
8. Wer kümmert sich, wenn ich in Urlaub fahre?
9. Zum Eingewöhnen braucht man viel Zeit! Mindestens 1 – 2 Wochen einplanen, in denen man für das neue Familienmitglied wirklich da sein kann!
10. Eine große Katze (bei einer kleinen ist es nicht anders), darf erst ins Freie gelassen werden, wenn sie sich vollständig eingelebt, und sich an alle anderen Mitbewohner gewöhnt hat. Das kann unter Umständen ein paar Monate dauern – muss aber nicht! Ein Monat sollte es aber mindestens sein. Nicht die Geduld verlieren!
11. Am Anfang den neuen Mitbewohner nicht mit allem auf einmal konfrontieren. Das gilt für sämtliche Bewohner. Vor allem für andere Tiere, wenn schon welche da sind!

12. Wenn Kinder da sind, ist es keinesfalls sinnvoll, wenn gleich sämtliche Freunde kommen, weil sie die neue Katze sehen wollen! (Grenzt vor allem bei einem ängstlicheren Tier an Tierquälerei!)
13. Auch ist es besser wenn das Tier erst mal nur einen Raum gut kennen lernt. Ist es den dann gut gewöhnt, schön langsam den Rest.
14. Hilfreich wäre es auch wenn man die Katze am Anfang an der Leine an den Freigang gewöhnen könnte. Bei manchen Katzen geht das ganz gut!
15. Merke: In der Ruhe liegt die Kraft!
16. Nur wer wirklich Ausdauer und Einfühlungsvermögen hat, soll den Versuch starten, eine fremde Katze zu der eigenen dazuzuholen!
17. Die „alten“ Katzen nicht vernachlässigen. Sie brauchen, wenn ein neuer Hausgenosse dazukommt besonders viel Zuwendung, sonst kann es sein, dass sie sich einen anderen Platz suchen.

Bei uns war es auf jeden Fall so, dass ich mich im Tierschutzverein nach Katzen erkundigt habe. Wir machten uns einen Zeitpunkt aus und fuhren los. Zuerst zum TV nach Landau. Dort lernten wir die Frau MacIlvaine kennen, die sich speziell um die herrenlosen Kätzchen kümmert. Die Tanja hatten wir natürlich auch dabei. Sie fühlte sich bei der Brigitte sofort wohl, und von den kleinen Kätzchen, die damals in der Obhut des Tierschutzvereins waren, war sie natürlich hin und weg. Bei der Brigitte durfte sie das erste Mal in ihrem Leben ein Kätzchen tragen. Ganz behutsam setzte sie es am Anfang in ein Körbchen und hob es hoch. Und dann nahm sie es richtig auf den Arm.

Dazu möchte ich erklärend sagen, dass unsere Tochter bis zu einem Alter von drei Jahren keine Katze tragen durfte, weil wir der Meinung sind, dass ein ausgewachsenes Tier für ein Kleinkind viel zu schwer ist. Es kann unmöglich eine Katze von 5 kg so auf den Arm nehmen, dass es für die Katze angenehm ist. Mir hat es noch nie gefallen, wenn ich mit ansehen musste, wie kleine Kinder oft die Katzen in der Gegend herumzerren. Wenn sich so ein Tier dann aber

wehrt, ist das Geschrei riesig. Ich bin nicht kinderfeindlich, aber ich finde ein erwachsener Mensch sollte so vernünftig sein, und begreifen, dass man auch einem kleinen Kind erklären kann, dass es eben für so eine große Katze noch zu wenig Kraft hat. Kinder verstehen das nämlich!
Und wenn es unbedingt sein muss, gibt es doch immer noch die Möglichkeit, dass man seinen Stubentiger dann mitsamt dem Kind auf den Schoß nimmt. Oder man lässt das Kind sich hinsetzen, und setzt ihm dann die Katze auf den Schoß. Und auf dem Boden können sie die Mieze ja zu jeder Zeit streicheln.
Wir haben es so gemacht, und unserem Kind hat es auch mit diesen Maßnahmen an nichts gefehlt. Dafür hat vor ihr auch keine Katze je die Flucht ergreifen müssen! Und gekratzt worden ist sie bis zum Alter von 6 Jahren kein einziges Mal. Eine normale Katze kratzt keine kleinen Kinder, wenn sie ihr nicht wehtun!
Also zurück zur Brigitte. Die hatte nur die kleinen Kätzchen da, die nebenbei bemerkt auch schon vergeben waren, deshalb fuhren wir zur Katzenstation nach Dingolfing. Dort waren auch erwachsene Katzen. Im

Gespräch war am Telefon eine Maincoon gewesen. Ein sehr schönes Tier, dass bereits mehrmals den Besitzer gewechselt hat. Den letzten, weil der Freund vor der Katze Angst gehabt hat.....!
Die Sabine, sie pflegt die Katzen in Dingolfing, hatte die Maincoon in einem separatem Raum. Es war eine wirklich schöne, stolze Katze. Aber nicht mein Fall! Irgendwie bin ich eben kein Rassekatzetyp. Und diese Schönheit würde bestimmt leicht einen Liebhaber finden. Dann habe ich die Sabine gefragt, ob wir die anderen auch sehen dürften. Die anderen waren noch lauter Unfallkatzen, die gerade von der Sabine im Heizungskeller gesundgepeppelt wurden. Die Tanja war ganz brav und still, darum durften wir. Unter Wärmelampen lagen da zwei Kater, in je zwei riesigen Schachteln. Ein schwarzer, mit einem doppelten Beckenbruch, der sich schon auf dem Weg zur Besserung befand, und ein grau- weißgetigerter, mit Beckenbruch, Lungenquetschung und sonstigen inneren Verletzungen. Beide wurden auf der Straße gefunden. Spontan hingen wir alle drei dann über der Schachtel von dem Tiger. Und so unglaublich es sich jetzt vielleicht auch anhört, er

schnurrte sofort los und wollte schmusen. Die Entscheidung, dass wir den Peterle, so hat ihn die Sabine schon genannt, zu uns holen wollten, ist ohne Frage sofort gefallen. Zwar konnten wir ihn nicht gleich mitnehmen, aber ein paar Tage später, nachdem er noch eine Untersuchung bekommen hatte, holte ich ihn.
Am Anfang musste er noch Antibiotika bekommen, das spritzte ihm die Andrea, eine mir bekannte Tierärztin, auf deren Rat ich damals auch Kontakt mit der Brigitte aufnahm, und schön langsam wurde das Peterl auch wieder einigermaßen gesund.
Wir haben ihn jetzt schon
seit sechs Jahren. Er ist zwar auch heute noch nicht der gesündeste ,(er hat immer wieder Schnupfen, und sein Rücken ist auch nicht so ganz wie er sein soll), und auch nicht der Schönste, aber ganz bestimmt eine glückliche Katze. Und eine Seele!

Plötzlich waren es vier

An einem total stressigen, düsteren Tag klingelte bei uns das Telefon. Eine Bekannte aus einem weit entfernten Tierschutzverein war in der Leitung. „Hallo, würde es dir etwas ausmachen, wenn du für mich aus Aiterhofen einen Hund abholen würdest? Nur vorübergehend natürlich. Ich habe vor ein paar Monaten einen Hund an diese Frau vermittelt, und jetzt will sie ihn schnellstmöglich wieder zurückgeben. Ich kann aber erst frühestens Ende nächster Woche den Hund holen. Bitte ruf sie doch mal an ."
Auf so einen direkten Hilferuf kann ich selten „Nein!" sagen, und deshalb habe ich mich trotz meinem Mangel an Zeit mit dieser Frau aus Aiterhofen in Verbindung gesetzt.
Sie war gleich nach dem 3. Mal läuten am Telefon. Als ich ihr sagte, dass ich wegen dem Hund anrufe, erklärte sie mir sofort, dass sie diesen Köter noch heute weghaben möchte, denn er hätte gerade ihren Sohn gebissen, und dieses Tier ist so gefährlich, dass sie ihn keine Nacht mehr in ihrem Haus haben will.

Also packte ich mein Töchterchen ins Auto, und machte mich auf den Weg. Unterwegs stellte ich mir vor, was das wohl für ein Hund sein könnte, der plötzlich nach ein paar Monaten so wahnsinnig gefährlich geworden ist. Irgendwie glaubte ich kein Wort. Sollte ich mich doch täuschen, und sich der Hund als Bestie entpuppen, könnte ich ja immer noch die Polizei holen. Ein Risiko würde ich, schon allein wegen meiner Tochter, nicht eingehen.
Als Treffpunkt wurde ein großer Parkplatz in Aiterhofen vereinbart. Pünktlich kam ich dort dann auch an. Der Parkplatz war fast leer, deshalb musste ich die Frau nicht lange suchen. Eine Verwechslung wäre auch nicht möglich gewesen, denn sie hatte zwei angeleinte Hunde dabei und sah sich suchend um.
Was dann geschah, war für mich wirklich unbegreiflich! Die Dame erklärte mir kurz und bündig: „Das ist der Hund!“, setzte ihn mir ins Auto und wollte gehen. „ Wo ist denn das Kind, das der Hund gebissen hat?“, wollte ich wissen. „Das ist zu Hause, und richtig sehen kann man doch nichts. Ich habe jetzt keine Zeit mehr!“, sprach´s und ging!

Tja, da stand ich nun! Das erbarmungswürdige Hunderl, dass mir die Tante ins Auto gesetzt hat, war völlig verstört. Der Hund kannte mich ja überhaupt nicht. Ich wusste nicht einmal, wie er heißt. Aber das der Hund nicht gefährlich ist, dass war mir sofort klar.
Der „Köter“ stellte sich als eine relativ kleine, zierliche Hündin heraus. Nicht größer als etwa ein Cockerspaniel. Kurzhaarig, braun mit schwarzer Decke und weißer Brust. Ein hübsches Tier.
So auf den Hund gekommen machte ich mich also auf den Heimweg. Für den Hund muss das ein Alptraum gewesen sein. Die Hündin zitterte und erbrach sich während der Fahrt mehrmals vor Angst. Auch das begütigende Zureden meiner Tochter, die damals schon 3 Jahre alt war, halfen nicht. Zuhause angekommen, hatte ich das nächste Problem. Ich war jetzt allein mit meiner Tochter, meinen 3 Hunden und dem fremden Hund. Den neuen Hund konnte ich unmöglich einfach so mir nichts, dir nichts zu unseren Hunden in den Garten setzen. Da gab es nur eine Möglichkeit, auch wenn es für einen allein nicht so ganz einfach ist: Ich habe als erstes einmal die Tanja und das

Hundchen noch im Auto gelassen, unsere drei dann aus dem Haus in den Garten geholt. Dann den Neuen aus dem Auto raus. Unsere drei tobten natürlich! Genauso natürlich war, dass sich die kleine Hündin zu Tode fürchtete. Aber es half alles nichts, da mussten wir eben alle durch. Ich pfiff meine Hunde zusammen, nahm die Kleine in den Arm, und ließ die übrige Meute dazu.
Die stürmten natürlich nicht gerade langsam zu mir und unserem Gast her, aber nachdem sie die Hündin beschnuppert hatten, wurde es leichter.
Hier möchte ich bemerken, dass dieses Durcheinander, auch wenn es sehr spannend, und vor allem für die Lucy – so heißt heute dieser kleine Hund bei uns – sehr strapaziös war, auch etwas Gutes hatte: Von da an wusste ich, dass dieser Hund nicht beißt! Denn ein Tier, dass man einem derartigen Stress aussetzt, weil es ja eine schreckliche Angst auszustehen hatte, als drei riesige Hunde auf sie zukamen, noch dazu mit einer wildfremden Person, und trotzdem nicht aggressiv wird, so ein Hund wird nie beißen!
Nachdem ich nun alle angeleint hatte, holte ich mein kleines Töchterchen aus dem Au-

to. Hunde gewöhnt man am besten auf neutralem Boden zusammen. Deshalb machte ich zuerst mit allen einen Spaziergang. Da hatten die vier nun Gelegenheit sich zu beschnuppern, und je länger wir gingen, desto ruhiger wurde die Meute. Ich glaube nicht, dass die Lucy schon jemals zuvor so genau angeschaut worden ist. Als wir wieder bei uns zu Hause angekommen sind, war sie für den Bärli, damals beachtenswerte 13 Jahre alt, schon nicht mehr so interessant. Das Liserl hatte wie üblich nur spielen im Kopf, und nur der Buarli war in seiner Männlichkeit noch sehr von der Lucy entzückt. Bremsen konnte ich ihn nur durch eine außergewöhnliche Strenge. Sonst hätte die arme, eh schon mit den Nerven völlig fertige Hundedame, keine ruhige Sekunde gehabt. Männer!
Sofort nachdem ich mit den Hunden dann glücklich im Haus war, gab ich meiner Bekannten, die mich nach Aiterhofen geschickt hatte, Bescheid. Natürlich wollte ich von ihr jetzt auch mehr über den Hund erfahren:
Die Geschichte ist zwar traurig, ist aber leider keine Seltenheit: Die Lucy wurde als Welpe aus Italien von Touristen mit nach

Deutschland gebracht. Die waren vielleicht davon überzeugt, dass aus dem Hunderl , wegen der Zeichnung ein Dobermann werden könnte. Auf jeden Fall ist die Rute kupiert. Aus dem Hund ist aber kein Rassehund geworden, und die Leute wollten ihn deshalb, oder aus einem anderen Grund, auch nicht behalten. Also kam Lucy zum nächsten Besitzer, dann zum nächsten und zum übernächsten. So wie mir berichtet wurde, musste das arme Tier mindestens zehnmal den Platz wechseln.
Ein Tier, dass in seiner Prägephase und in seinem ersten Lebensjahr derartiges mitmachen muss, trägt einen lebenslänglichen psychischen Schaden davon. Das war mir sofort klar. Genauso habe ich auch sofort begriffen, dass es so gut wie unmöglich sein würde, für diesen Hund einen passenden Platz zu finden. Denn das müsste ein 1000 % guter Platz sein. Noch dazu einer, den man nicht noch lange suchen muss, denn dieser Hund brauchte sofort ein endgültiges Zuhause!
Aber parallel zu dieser Erkenntnis, wurde mir auch bewusst, dass die Chance auf so ein Glück bei Null war. Was sollte ich tun? Mein Mann hatte noch keine Ahnung von

unserem Zuwachs, und ich wusste von vornherein, dass er zwar Tiere liebt, aber noch einen Hund zu unseren dreien dazu....? Die Lucy spürte meine Unsicherheit. Und es wurde genauso wie ich dachte! Mein Mann mochte die Hündin natürlich auch, aber bis es klar war, ob sie bleiben darf oder nicht, vergingen einige Wochen. Erst als das dann entschieden war, wurde der Hund ruhiger.
Eines aber ist bis heute – wir haben die Lucy jetzt seit 6 Jahren – geblieben. Sie wird unsicher, wenn sie ins Auto steigen soll, und sie kann es überhaupt nicht leiden, wenn sie allein ,(das heißt richtig allein ist sie ja nie, weil außer ihr ja noch sämtliche anderen Tiere da sind) zuhause bleiben soll. Am Schlimmsten ist es, wenn ich wegfahre! Das Frauchen hat daheim zu bleiben! Auch wenn der Rest der Familie zuhause ist, fängt sie sofort wie ein Wolf zu heulen an, wenn ich mir erlaube wegzufahren!

Hilfe! Wir kriegen Junge!

Gewohnt haben wir damals noch im Vilstal. Unsere damaligen Nachbarn konnte man zum größten Teil in der Pfeife rauchen. Tiere, vor allem Katzen waren eben da, wurden zwar gefüttert und auch wegen der Mäuse gebraucht, aber ansonsten hat sich während der letzten 100 Jahre nichts geändert. Nämlich, vor allem wenn es darum geht den Katzenbestand zu regulieren, war es da noch so die Sitte, dass man eben die Kleinen einfach abwirft!
Zur Erklärung für die Leser, die nicht wissen was ich da meine: Der Bauer oder die Bäuerin sucht die frischgeborenen Kätzchen - im Glücksfall für die Welpen findet er oder sie diese in den ersten Tagen nach der Geburt – packt eines nach dem anderen, und wirft sie mit Schwung auf den harten Boden. So wird eines nach dem anderen getötet. Die natürliche Folge ist – an Gefühle mag ich gar nicht denken – dass die Kätzin gleich wieder rollig wird, und 8 Wochen später wiederholt sich das selbe Spiel!

Ich machte mit den Hunden gerade meinen Morgenspaziergang, als ich unseren Nachbarn traf. Auf meine Frage, was er gerade sucht, sagte er: „ Unsere Katze muss letzte Woche ihre Jungen bekommen haben, aber das vergeht auch wieder!“ „Was vergeht?“, hab ich ihn gefragt. „Ja mei, i muaß`s halt wieder derschmeißn!“, hab ich da zur Antwort bekommen. Traurig und hilflos wie ich mich nach diesem erquicklichen Gespräch gefühlt habe, musste ich mit jemand vernünftigen reden. Also habe ich die Brigitte angerufen, und ihr von der Unterhaltung erzählt. „Geh hin, und mach ihm den Vorschlag, dass wir seine Kätzchen vermitteln, wenn er uns seine Kätzinnen kastrieren lässt. Der Tierschutzverein übernimmt die Kosten!“ Ich bin natürlich sofort los zu unserem Nachbarn. Unterwegs hab ich noch ein Stoßgebet von mir gegeben, dass ich nicht zu spät komme. Ich hatte Glück. Er hatte sie zwar gefunden, aber noch nicht abgeworfen. Auf meinen Vorschlag ist er dann nach ewigen Erklärungen, und vor allem dem Versprechen, dass er keine Kosten ,und auch keine Mühen hat, auch eingegangen. Im Anschluss an unsere Verhandlung hab ich mir dann natürlich gleich die kleinen Kätzchen angeschaut. Es waren fünf süße hübsche Kätzchen. Die Mama

war eine kohlrabenschwarze Katze, die mich ein wenig misstrauisch begutachtete. Im Laufe der nächsten Wochen brachte ich ihr immer viele Leckerbissen und nahrhaftes Futter. Es dauerte nicht lange, und sie wusste, dass ich ihr nichts Böses wollte. Wenn sie hörte, dass ich im Anmarsch war, wartete sie dann immer schon ungeduldig auf ihr Futter.
Ungefähr 3 Wochen später bekam dann die zweite Katzenmama auf dem Hof ihre Jungen. Die sah ich schon am ersten Tag nach der Geburt. Es waren drei Stück. Zwei Mädchen und ein Bub. Die Kätzin war zu mir schon zutraulicher, denn sie kannte mich bereits. Ich wusste ja, dass sie trächtig ist, und deshalb habe ich sie auch die ganze Zeit schon mit Zusatzfutter versorgt. So vergingen dann noch ca. 2 Wochen. Dann hatte die Mama von dem Dreier-Wurf einen Unfall. Ein Nachbarhund hat nach ihr geschnappt, und ihr in den Oberschenkel ein Loch gebissen. Daraufhin nahm ich dann alle zwei Würfe mit den Mamas mit zu uns Nachhause. Die eine Mama, damit kein Dreck in die Wunde kommt, und die Kleinen zum Entwurmen und Entflohen.

Schließlich sollten sie ja mit ungefähr 8 Wochen vermittelt werden.

Anfänglich hatte ich sehr gemischte Gefühle. Hatten wir uns doch erst vor kurzem den neuen Peterl nach Hause geholt. Ich hatte ja keine Ahnung, was er mit den Kleinen anstellt. Die Lucy war auch noch neu. Aber es ging alles, alles gut! Sogar sehr gut! Der Peterle legte sich sofort zu den Kleinen, wenn die Mama nicht da war und wurde sofort Ersatzmama. Als dann die Katzenkinder für die Mamas zu groß wurden, übernahm er die ganzen Mamapflichten. Er putzte sie, er ließ sie bei sich am Bauch nuckeln, und er lehrte sie das Mäusefangen! Die Lucy liebt kleine Katzen und große Katzen. Weil sie ja zu dem Zeitpunkt noch ziemlich jung war, spielte sie leidenschaftlich gerne mit den Kätzchen.
Dann kam die Zeit für die Vermittlung der Miezen. Es war für mich keine schöne Zeit. Wenn man so ein kleines Wesen aufgepäppelt hat, ist die Trennung gar nicht leicht. Als wir gerade für zwei ein gutes Zuhause gefunden hatten, wurden die Kätzchen krank. Sie hatten alle die gefürchtete Kat-

zenseuche. Von sechs Kätzchen überlebten vier. Das war eine Teufelszeit und ich hoffe, dass ich so etwas nie mehr wieder mitmachen muss. Trotzdem war die Sterberate bei mir gut. Meistens ist es nämlich umgedreht: Das 99 % sterben, und wenn man Glück hat, überlebt 1 %! Wir hatten Glück, viel Glück – aber die Folge war, dass ich die restlichen vier erst nach etlichen Wochen wieder hätte vermitteln können – und so sind sie uns geblieben!
Der Punk, die Skipy, die Bonny, und der Franzi!
Das Tiere weggeben liegt mir eben gar nicht!

Lucy und Bonny: „Meinst du nicht auch, du solltest mal zum Zahnarzt gehen? Häh?“

Der Buarli und die Lucy

Was passiert, wenn ein Rüde in den besten Jahren plötzlich zur Gesellschaft eine junge reizende Hundedame bekommt? Der Buarli war als die Lucy zu uns stieß, bereits 9 Jahre alt und der Neuzugang war, laut Tierärztin höchstens 1 1/2 Jahre alt.
Die ersten Wochen waren sehr ruhig. Da die Lucy ja noch nicht sicher war, ob sie bleiben durfte, war sie außergewöhnlich still. Erst als sie sich eingelebt hatte, und es für uns klar war, dass sie bleiben durfte, wurde sie lustig. Und wie! Es war so, als wollte sie ihre gesamte Kindheit nachholen! Anfangs war der Buarli immer hinter ihr her – solange, bis sie den Spieß umgedreht hat. Ab da hatte unser Held keine ruhige Minute mehr. Sie jagte ihn solange, bis er nicht mehr konnte, kokettierte mit ihm auf Teufel komm raus und packte ihn, nur so zum Spaß an seinem buschigen Schwanz. Nur ein Glück, dass unser Buarli im Grunde so ein gutmütiges Tier ist!
In einem aber sind die beiden von ganz entgegengesetztem Charakter: Unser Buarli ist ein Hütehund wie er im Buch steht. – Die Lucy entgegen ist ein Jagdhund! Jetzt gibt

es ja auch unter den Jagdhunden Unterschiede. Manche kommen als Jagdhund auf die Welt. Sie haben
einen natürlichen angeborenen Jagdinstinkt, der vom Menschen dann aber noch ein wenig kultiviert wird und auch noch kontrolliert werden kann. Einen solchen Hund kann man auch von der Leine lassen, denn er wird auch wenn er ein Wild sieht bei seinem Herrchen bleiben. Unsere Lucy hat diesen Jagdinstinkt auch. Aber sie hat diesen Instinkt anscheinend einmal zum Überleben gebraucht. Die erste Zeit ist uns das überhaupt nicht aufgefallen. Zwar hat sie wie wild an der Leine gezerrt, wenn sie einen Hasen oder ein Reh gesehen hat, aber da sie ja logischerweise noch keine Erziehung gehabt hatte, dachten wir uns dabei nichts Besonderes. Auch mit unseren Katzen ging sie sehr lieb um. Zu dieser Zeit hatten wir noch dazu ganz kleine Kätzchen mit drei Wochen zum Aufpäppeln Daheim. Deshalb kam es mir auch nicht in den Sinn, dass in unserer Lucy ein Killer stecken könnte.
Das musste ich während eines Spaziergangs mit unseren Hunden erfahren: Ich hatte wie üblich den Bärli und das Liserl ohne Leine

und den Buarli und die Lucy an der Leine. Die Tanja marschierte mit ihren kurzen Beinchen neben dem Bärli her. Es war für einen Frühlingstag schön warm und trocken, und mein Kind kroch mit dem Bärli durch die Büsche. „Mama! Schau!“ , rief mein Spatz. Natürlich ging ich den beiden schnell nach. Als ich mich unter das Gestrüpp beugte, sah ich dort ein kleines Häschen sitzen. Sofort zog ich mein Kind zurück, damit es das Tierchen ja nicht berührte. Der Buarli ging, als er das Tierkind sah sofort Platz. Ihm hätte es ja schon wieder gefallen, das sah man auf den ersten Blick! Aber gerade wollte ich den Buarli mit sanftem Nachdruck weiterziehen, als wie ein Blitz sich die Lucy auf das Häschen stürzte – keine Sekunde später war das Tierchen Tod!
Das war für mich ein wahnsinniger Schock. So hätte ich sie wirklich nicht eingeschätzt! Im Laufe der nächsten Jahre entwickelte sich zwischen mir und meiner Lady in diesem Punkt ein regelrechter Kampf. Sie killte mir noch zwei Hühner und ein Meerschweinchen. Bei dem Meerschweinchen hatte sie das Pech, dass ich sie in Flagranti ertappte. Sie hatte gerade den Stall auf-

gebrochen und das Tierchen durch einen Genickbiss getötet, als ich sie erwischt habe. Nun kommt wahrscheinlich wieder mal etwas , das bei manchem Tierfreund auf Kritik stoßen wird, aber ich habe dieses Fräulein so verdroschen, wie ich noch nie! Und es war für mich ein Sieg! Seit dieser Zeit hat mein Hund vor mir mehr Respekt, als sein Jagdtrieb stark ist! Unsere Hühner können wieder frei laufen und an unseren Hasen und Meerschweinchen geht sie mit erhobenem Haupt vorbei!
Heute ist sie ein braves und sehr liebenswertes Tier, sehr kinderlieb, und zu hundert Prozent treu! Ihre Lieblingsspeise besteht aus ihrem täglichen Butterbrot. Wurst und Fleisch mag sie nur, wenn sie befürchten muss, dass es ihr einer wegnimmt!

Jede Katz braucht einen Hund!

Ich weiß nicht, wie das alte Sprichwort : „Ihr seid ja wie Hund und Katz!“, eigentlich entstanden ist. Wahrscheinlich von irgend jemanden, der es nie versucht hat, sich einen Hund -
und eine Katze zu halten oder von so einem netten Mitmenschen, für den ein Hund an die Kette gehört. So ein Hund hat selbstverständlich eine Wut auf jede Katze, die sich frei bewegen darf!
Natürlich habe ich schon sehr oft gehört, dass es zwischen Hunden und Katzen Probleme gibt, aber wir haben noch nie ein Problem in dieser Richtung gehabt. Egal, ob wir die Tiere alt oder jung bekommen haben. Die Anfangszeit ist zwar nicht unbedingt stressfrei, doch mit viel Geduld, Ruhe, Vernunft, Einfühlungsvermögen und ab und zu einem gewissen Quantum an Strenge haben wir noch alles hinbekommen.
Für den Hund ist eine Katze im Haus ein Riesenvorteil. Mehrere Katzen vergrößern diesen Vorteil nur. Und zwar geht es in

erster Linie um das leibliche Wohl des Hundes!
Denn bei den Katzen ist es so der Brauch, dass sie oft Hunger haben. Zwar ist der Appetit meist nicht so besonders groß, und die richtige Sorte Katzenfutter ist auch selten dabei, aber allein um zu verhindern, dass sich Herrchen und Frauchen langweilen, ist es jeder Katze Pflicht, sich so häufig wie nur möglich mit qualvoll, hungernder Miene in die Küche zu stellen. Sind mehrere Katzen im Haus, beherrschen diese meist *ein* Kunststück nahezu perfekt: Es wird abwechselnd in genau abgestimmtem Timing um Almosen nachgefragt. Das erhöht nämlich die sportlich- gymnastischen Bewegungen von Herrchen und Frauchen nochmals um ein beträchtliches! Wer aber glauben sollte, dass man mit mehreren Katzen wenigstens bei der Wahl des richtigen Futters kein Problem hat, ist wieder auf dem Holzweg!
Die Fütterungsprozedur läuft nämlich folgendermaßen ab: Katze 1 verspürt leichten Hunger, und stellt sich um einen Imbiss in der Küche in Position. Katze 2 beobachtet Katze 1 bei der Inspektion ihres Schüsselinhalts. Verzieht Katze 1 leicht pikiert ihr

Gesichtchen, weiß Kätzchen 2 bereits, dass das Fresschen in der Schüssel skeptisch überprüft werden muss. Ein Versuch das Futter den anderen Katzen dennoch anzubieten ist von vornherein zum Scheitern verurteilt, denn Katze 2, 3 4 und 5 mag ja schließlich nichts angebissenes! Dann versucht man sein Glück bei den Hunden. Die erbarmen sich meistens, und vernichten das von den Katzen verschmähte Futter oft mehrmals täglich.
Letzter Rettungsanker sind die Hühner – die fressen alles!
Wenn man aber einmal *die* Sorte erwischt hat, die überraschender Weise wirklich schmeckt, dreht sich alles ins Gegenteil. Hat einer oder eine Hunger, kommen erwartungsfroh immer alle auf einmal. Ganz egal ob Hund oder Katz. Da die Hunde ja viel schneller fressen, als die Katzen, muss man die Hunde immer mit sanfter Gewalt von den Katzenschüsselchen fernhalten, will man die Katzen vor dem Verhungern retten.

Bei unserem Buarli hat sich das Katzenfüttern längst zu einem Spiel mit verschiedenen Variationen entwickelt. Sein Ziel bei diesem Spiel ist es, das Katzenschüsselchen mit noch möglichst vollem Inhalt zu leeren. Vor allem bei den wohlschmeckenden Sorten zieht er alle ihm bekannten Register, das heißt, er setzt alle Taktiken, die er sich angeeignet hat, in die Tat um.

Taktik 1: Er stellt sich schlafend. Bei abklingender Aufmerksamkeit unsrerseits, erwacht er plötzlich, springt schnell auf, und leert blitzschnell das Schüsselchen.

Taktik 2: Er stellt sich mit leicht gespreizten Beinen über die Katze, und beugt sich so über sie, dass seine Nase den Kopf und die Ohren der Mieze berühren. Dann haucht er sie an und zwar so, dass das Fell unserer Stubentiger ordentlich durcheinandergeblasen wird. Meist wird`s dem Kätzchen dann zu heiß und zu windig, und es verzieht sich!

Taktik 3: Er stellt sich hinter sie, und zielt mit seinen Pranken auf ihren Schwanz. Da der Buarli doch ein ziemliches Gewicht hat, geht da jede sofort.

Taktik 4: Er legt sich hinter die Katze, und schiebt sich schön langsam immer weiter nach vorne, und zwar so lange, bis er mit seiner Schnauze unter dem Katzenbauch ist. Hat die Katze da noch nicht freiwillig das Feld geräumt, hebt er sie hoch, so dass sie mit den Hinterbeinen in der Luft schwebt. Spätestens das ist jeder Mieze zu dumm, und sie gibt nach. und überlässt dem Ganoven ihren Napf.

Trotzdem lieben sich unsere Tiere heiß und innig. Weiß doch jeder, dass er trotzdem nicht verhungern muss. Es ist eben ein Spiel!
Aber auch wenn gerade keine Katze gefüttert wird, passiert es sehr häufig, dass der Buarli Lust auf etwas Besonderes bekommt. Um mich darauf aufmerksam zu machen, bellt er dann die Türe an, die zur Speisekammer führt. Wenn das nichts hilft, stellt er sich immer vor mir auf, und schiebt mich mit seinem riesigen Kopf in Richtung Speisekammer. Er kann da sehr energisch werden! Natürlich weiß er immer ganz genau, was sich im Moment in der Speisekammer befindet, und danach richten sich dann immer seine Wünsche. Meistens einigen wir uns dann auf die von ihm erwartete Menge, und unser Hund ist wieder einmal sehr zufrieden mit uns!
Auf die Frage, wie viel unsere Tiere fressen, können wir aber nicht einmal schätzungsweise antworten. Wir wissen nur, dass

wir um sehr viel mehr Katzenfutter, als Hundefutter brauchen!

Auch das Gassi gehen ist mit Hund und Katz viel abwechslungsreicher. Zumindest ist das bei uns so. Sobald die Katzen spitzkriegen, dass mit den Hunden losmarschiert wird, sind sie schon da. Sie laufen ganz selbstverständlich mit, ganz ohne Leine genauso wie ein Hund. Unsere Miezen haben unterm Gassi-gehen die verschiedensten Spiele erfunden.
Zum Beispiel schnappen sie sich immer die Leine, sobald sie ein bisschen am Boden hängt und dann lassen sie sich hinterher ziehen. Das schaut dann so aus, als würde die Katze den Hund spazieren führen.
Wenn unsere Stubentiger dann richtig wild werden, geht es oft richtig zur Sache. Da kann es auch mal passieren, dass Mieze den Hund jagt und dann nicht nur unter dem Hund durch läuft, sondern auch mal über den Hund hüpft. Das macht alles wirklich viel Spaß. Sobald aber ein fremder Hund kommt, oder ein fremder Spaziergänger, stellen sich die Katzen meist sofort bei dem Buarli unter. So zur Sicherheit!

Das einzig dumme an der Sache ist, dass, sobald wir uns zu weit vom Haus entfernen meistens unser frechster Kater ganz jämmerlich anfängt zu miauen. Denn von zu Hause so weit weggehen, das mag er gar nicht!

Der nächste Vorteil ergibt sich beim Austausch körperlicher Wärme. Zumindest im Winter teilen sich unsere Tiere oft die kleinsten Schlafplätze. Oft kann man nur durch ganz genaues hingucken feststellen, wie viel jetzt da wirklich auf Buarlis Schlafplatz, oder auf der Couch kuscheln. Es ist sogar manchmal so, dass mehrere Katzen in einer eh schon engen Schachtel liegen, und dann will der Buarli auch noch mit rein. Es ist sehr interessant, wenn man ihm bei seinen Versuchen, da auch noch mit hineinzusteigen zuschauen kann. Erst beäugt er die sehr volle Schachtel. Dann hebt er ein Vorderbein hoch, und lässt es über die Schachtel hängen. Langsam setzt er dann immer eine Pfote in die Schachtel hinein. Wenn er das schafft, ohne dass sich eine Katze verzieht, ist das schon ein Sieg! Jetzt kommt das nächste Vorderbein: Da wird es schon schwerer, in der überfüllten

Schachtel noch einen Platz für die zweite Riesenpfote zu finden. Meistens aber steigt er an dieser Stelle doch irgendeiner Katze empfindlich drauf und mindestens eine sucht sich einen neuen Platz zum Schlafen. Ist das aber nicht der Fall, macht es gleich darauf einen Plumps, und der Buarli liegt in, bzw. auf der Schachtel. Darunter die Katzen. Wenn er Glück gehabt hat, ist er so gelandet, dass es für seine Miezen nicht zu unbequem geworden ist, und sie pennen seelenruhig weiter. Das wäre der Idealfall! Normalerweise aber, liegt dann unser Hirtenflockati allein in der Schachtel, und die Katzen verziehen sich unter den Kachelofen.
Das macht er aber nur im Winter und an kühlen Tagen. Im Sommer, wenn es im zu heiß ist, mag er es nicht zu Nahe. Zum Leidwesen seiner Bonny. Das ist nämlich eine ausgesprochene Hundekatze. Je näher sie bei einem Hund sein kann, desto lieber ist es ihr. Mit dem Buarli hat sie da ihr rechtes Kreuz. Sie liebt ihn halt so sehr. Kaum macht es sich der Hund bequem, kommt sie schon mit lautem Schnurren an. Es entwickelt sich dann immer so eine Art Fangspiel: Erst sucht sich der Buarli einen

Platz. Dann kommt die Bonny hinterher, schnurrt laut und legt sich schön neben den Buarli. Wenn der dann schläft, kommt sie langsam immer näher, so lange, bis sie mehr unter, als neben ihm liegt. Dem Buarli wird es dann aber wieder schnell zu heiß und er legt sich wieder weg von der Bonny. Die geht ihm aber wieder hinterher .... u..s. w.

Wenn ich auf meine, nun doch schon über 30 Jahre Hund-Katz Erfahrung zurückblicke, kann ich zu diesem Thema abschließend nur sagen, dass es bei uns wirklich noch keinem Hund und keiner Katze geschadet hat, dass sie ein gemeinsames Zuhause hatten. Unsere Tiere hatten mit der Zeit immer ein total gesundes Sozialverhalten entwickelt, und ich bin der Meinung, dass sich Hund und Katz sehr gut ergänzen, und voneinander profitieren!

Brot für die Karpfen

Wir wohnen mit unseren Tieren jetzt auf einem stillgelegten Hof im Rottal. Das war nicht immer so. Vorher waren wir auf einem Anwesen im Vilstal. Dort war es für uns und unsere Tiere die Hölle. Die Nachbarn dort waren - bis auf wenige Ausnahmen - scheinheilig und falsch. Die Tiere, und sogar die Kinder hatten nichts zu lachen. Wir haben erlebt, wie es ist, wenn einem in der Nacht laufend die Türe am Gartenzaun und im Hof die Scheunentüre geöffnet wird. Und ich weiß auch, wie es ist, wenn man sich nicht mehr traut, dass man die Hunde in den Hof lässt, weil man ja nicht weiß, was den *netten* Nachbarn wieder einfällt! Und weil ich weiß, wie es sein kann, genieße ich unsere jetzige Heimat um so mehr!
Auch jetzt haben wir rund um uns herum noch einige Nachbarn, die räumlich gesehen, unserem Hof sehr Nahe sind. Unsere Grenzen sind ganz lustig gestaltet. So gehört nämlich so manches Gebäude, dass an der Grenze steht, dem rechten *und* dem linken Nachbarn. Die Grenze läuft durch das Gebäude. Unsere Garage z. B. gehört uns

von der Süd-, West-, und Nordseite. An der Ostseite haben unsere Nachbarn die Garageneinfahrt. Das stört aber keinen. Unsere Grundstücke sind so voneinander abgetrennt, dass jeder seine Ruhe hat. Und auch mit den Hunden gibt es keine Probleme, schon allein deshalb, weil in unserem Ort gut die Hälfte der Nachbarn Hunde hat und die andere Hälfte hat zumindest Katzen.
Ganz besonders hervorheben möchte ich an dieser Stelle auch, dass ich selten einen Ort gesehen habe, an dem es den Tieren so gut geht, wie bei uns. Jeder einzelne unserer Nachbarn kümmert sich um seine Tiere und ich habe auch noch nie gesehen, dass auch nur einer, weder das eigene, noch ein fremdes Tier schlecht behandelt.
Egal wie schlecht das Wetter auch sein mag. Immer sieht man jemanden, der entweder mit seinem Hund spazieren geht, oder jemanden der auch im strömendsten Regen nach seiner Katze Ausschau hält, weil die nämlich nie allein nach Hause geht.
Wenn es mal passiert, dass einer seine Katze vermisst, was ja vor allem im Winter, wenn sämtliche Gebäude dicht gemacht werden, leicht passieren kann, hilft immer jeder bei der Suche mit, indem er in seinen

sämtlichen Gebäuden nachschaut. Wenn unser Buarli einmal länger nicht auf seiner Komposthaufentour allein unterwegs war, heißt es nur: „ Ja der Buarli war aber jetzt schon lange nicht mehr bei uns!“. Und auch ansonsten ist unsere nachbarschaftliches Verhältnis außergewöhnlich gut. Jeder hilft wenn es sein muss jedem, denn wer zu Tieren gut ist, ist auch ein guter Mensch!
In so einem Klima können dann auch schöne, und lustige Dinge passieren! So wie es zum Beispiel an einem besonders schönen lauwarmen Sommerabend bei uns:
Das war nämlich so. Wir sind wie ja so oft und meistens, unserer beliebten Freizeit - beschäftigung, nämlich dem Holzarbeiten nachgegangen. Da wir eine größere Menge an Holz geliefert bekamen, haben wir den unteren Teil unseres Zauns geöffnet. Die Hunde waren wie immer dabei und besahen sich das neue Holz, dass ja ganz fremde Düfte an sich hat und deshalb ganz furchtbar interessant riecht. Im Eiltempo haben wir also das Holz verstaut, weil wir ja vor allem den Zaun wegen unserem Banditen wieder verschließen wollten.
In dem Moment, als wir gerade wieder dabei waren, dichtzumachen, spitzte unser

Buarli die Ohren und rannte in einem Saus hinaus auf die Wiese, um das Hauseck vom nächsten Nachbarn, geradewegs mitten in unseren kleinen Ort. Ich flitzte ihm natürlich hinterher. Denn dass der nicht grundlos so losdüst war ganz offensichtlich. Als ich aber meinerseits ums Hauseck der Nachbarn bog, konnte ich meinen Ausreißer nicht mehr sehen. Aber meinen Nachbarn hörte ich: „Geh Buarli, das gehört doch meinen Karpfen, und nicht dir!“.
Da wusste ich zumindest wo mein Hund geblieben ist. Ich ging also der Stimme nach, und traf auf unseren Nachbarn, dem Sepp. Der stand mit dem Fischfutter in der Hand vor unserem Buarli, und der Buarli vor ihm. Ein Stück Brot hatte er sich schon derbettelt!
„Das ist auch gut, jetzt habe ich gerade gesagt, dass ich zum Fische füttern gehen will, und schon steht der Buarli da und hat Hunger!“, staunte der Sepp. Was wieder einmal ein Beweis dafür ist, dass so ein Hund zum einen sehr, sehr gut hört, und vor allem wirklich alles versteht. Jetzt hoffe ich nur nicht, dass nun alle Leute glauben, dass unsere Hunde hungern müssen. Aber es ist eine alte Weisheit, dass das Futter immer

dem am Besten schmeckt, für den es nicht bestimmt ist!

Wo kann ein Hund kostenlos einkaufen?

An so einer alten Burg, wie wir sie haben, gibt es ständig was zu tun. Es ist auch immer wieder sehr interessant, was es da so alles zu entdecken gibt. Vor allem wenn man alte Böden in den Nebengebäuden erneuert. Unter den alten Dielenbrettern wurde damals als Isoliermaterial zum Teil altes Getreide, Stroh, Wied und sonstiges benützt. Als wir die Böden erneuert haben, mussten wir den alten Mist, der da zum Vorschein kam, entsorgen. Wir schafften das ganze Zeug mit Kübeln auf den Anhänger. Der stand in der Hofeinfahrt. So eine Arbeit ist nicht so besonders schön. Man rennt den ganzen lieben Tag auf und ab, und ein und aus. Mit jedem Mal kommt man etwas mehr aus der Puste, und der Staub färbt einen in sämtlichen Farbschattierungen ein. Angefangen von grau bis hin zu schwarz! Aufgelockert wird diese Arbeit manchmal durch ganz besondere Funde. Man muss sich vorstellen, dass diese Böden oft zu Kriegszeiten oder in den Nachkriegszeiten entstanden sind. Dadurch lassen sich

diese Gegenstände, die man so findet erklären: Munitionen, alte Grabsteine, und sogar ein Säbel, wahrscheinlich noch aus den Zeiten Napoleons.
Die größeren und schweren Gerümpelstücke haben wir mit dem Schubkarren nach draußen befördert. Das Einfahrtstor stand die meiste Zeit offen und die Hunde waren in der Zeit brav im Haus.
Dachten wir! Was wir nicht mitbekommen haben, war die Tatsache, dass unser Töchterchen, mittlerweile bereits 8 Jahre alt, auch öfter ins Haus gegangen ist, und danach wieder in den Garten. Der Buarli muss ihr da einmal unauffällig gefolgt sein. So ganz unauffällig!
Und genauso unauffällig spazierte er beim Tor hinaus. Wohin er da gegangen ist, wissen wir bis heute nicht. Und es wäre uns auch nicht aufgefallen, wenn er nicht auf der Straße meinem staubigen Mann über den Weg gelaufen wäre!
So wie immer kam er hocherfreut mit erhobenem Haupt und stolz gehaltener Rute schnurstracks auf ihn zu. Im Mund hatte er eine niegelnagel- neue, noch verschlossene, viereckige Dose Sheba – Katzenfutter.

So hat er sich darüber gefreut, dass wir ihm nicht böse sein konnten. Damit er sich an der Dose nicht schneidet, haben wir sie ihm aufgemacht und serviert. Allerdings haben wir die Hälfte der Lucy gegeben. Schließlich war sie die Brave, die nicht abgehauen ist und der Buarli weiß genau, dass bei uns geteilt wird.
Die nächsten Tage habe ich jedes Mal, wenn ich einen von unseren Nachbarn laufen sah, gefragt, ob sie eine Dose Katzenfutter, Sorte sowieso, vermissen. Bei jedem eine Fehlanzeige! Keiner kauft für seine Katze eine solche Sorte.
Bis dahin machte ich mir weiter keine Gedanken, denn ich konnte mir sowieso nur bei den Nachbarn zu unserer rechten Seite vorstellen, dass die eine solche Nobelsorte verfüttern. Denn es sind die einzigen, die nur eine Katze haben. Da wäre so eine kleine Portion verständlich. Damit das Ganze so schnell wie möglich wieder in Ordnung gebracht werden könnte, besorgte ich gleich besagtes Sheba- Döschen und stattete den Nachbarn mitsamt meiner Dose einen Besuch ab.
Ohne die geringsten Zweifel, dass ich mich irren könnte, klingelte ich also an der Tür.

„Es tut mir furchtbar leid, aber unser Buarli ist uns vor ein paar Tagen wieder einmal stiften gegangen. Als er wieder heimkam, hatte er ein Schälchen Sheba dabei, und er kam aus euerer Richtung. Es tut mir furchtbar leid, aber ich habe euch auch schon Ersatz gekauft!"
Daraufhin sah mich der Andreas nur verständnislos an, und schüttelte den Kopf. „Von uns kann er so eine Dose nicht mitgenommen haben. Sheba füttern wir nicht. Da muss er bei jemand anderem gewesen sein!"
So unglaublich es auch ist: Wir haben in unserem Umkreis überall nachgefragt, aber keiner füttert Sheba. Wo unser Bandit da war, wissen wir bis heute nicht! Wir haben auch kein einziges Geschäft in der Nähe. Allzu weit kann er eigentlich auch nicht gelaufen sein, denn immerhin war er damals schon 13 Jahre alt. Ins nächste Geschäft hätte er immerhin 10 km weit laufen müssen, und Geld hatte er ja auch keines dabei.
Manchmal stell ich mir vor, wie er so klammheimlich bei einem fremden Haus, so ganz selbstverständlich in die Speisekammer spaziert ist, die Leute vielleicht nur

nett angewedelt hat, und dann in seiner vollkommen selbstverständlichen Art, sich dieses Döschen geschnappt hat, und an den Leuten wieder vorbei, und schnurstracks wieder Heim getrabt ist. Die Leute werden vielleicht so baff gewesen sein, dass sie sich hinterher eingebildet haben, dass sie geträumt haben. Vielleicht dachten sie auch, sie hätten wegen der Hitze eine Fata morgana gesehen!

„Was machen wir als nächstes?"

Buarli und Tanja

Einen Dieb hat jeder lieb !

Natürlich bekommen alle unsere Tiere genügend Futter. Eine ausgewogene und gesunde Ernährung ist uns schon wichtig. Nur unserem Buarli ist das Futter eben noch nicht abwechslungsreich genug. Außerdem ist es ihm viel zu langweilig, wenn er alles freiwillig kriegt. Viel mehr Spaß macht es ihm, wenn er sich mit viel List und Tücke seine Leckereien klauen kann.
An einem sonnigen schönen Frühlingstag zu Beispiel waren wir alle sehr mit Rasen mähen und anderen Arbeiten im Garten beschäftigt. Da das Grundstück sehr groß ist, hatten wir das Haus und die Eingangstür nicht in Sichtweite. Als wir mit den Arbeiten fertig waren, und zum Haus zurück gingen, bot sich uns ein höchst seltsames Bild: Der große weiße Flauschbär lag mitten im Hof. Zwischen seinen Pranken hielt er eine 200g Tafel Rahm-Mandel-Schokolade. Rund um ihn herum sehr dekorativ verstreut lagen Teile einer großen Schachtel Negerküsse. Nicht zu vergessen eine leere Schachtel Puffreis.
Unser Genie hat die Gunst der Stunde genützt und in der Zeit, in der wir abgelenkt

waren unsere Speisekammer geöffnet und geplündert. Nach dem ich meine Sprache wieder gefunden habe, prophezeite ich ihm die schlimmen Folgen auf sein nicht ganz alltägliches Mahl, aber das wollte er mir natürlich nicht glauben. Das kapierte er dann erst am nächsten Tag. Da war es ihm nämlich furchtbar schlecht. Er tapste steifbeinig durch den Hof und seine Bauchkrämpfe waren nicht zu übersehen.
Voller Mitleid ging ich dann mit meinem Patienten an der Leine hinaus auf die Wiese, damit er Gras fressen und sich in Ruhe erleichtern konnte. Meine Anteilnahme war riesig, denn ich ließ ihn dann auch noch von der Leine, weil es ihm ja eh schon so schlecht ging. Und das war sehr leichtsinnig von mir. Nachdem er das gemacht hatte, was er musste, machte er sich nämlich dünne!
Schnurstracks machte sich der leidende Hund auf den Weg in Richtung Wald. Schnell flitzte ich hinterher. Am Waldrand auf einem Gerümpelhaufen sah ich dann diesen unmöglich-
en Hund stehen. Er schnupperte begeistert an dem Haufen herum, ohne mich auch nur im Geringsten zu beachten. Als ich ihm

dann zu Nahe kam, zog er schnell ein stinkendes Rehbein aus dem Haufen heraus und entfernte sich eiligst in Richtung Heimat. Seine Beute ließ er selbstverständlich nicht mehr los. Die betrachtete er wahrscheinlich als krönende Nachspeise!

Wir bekommen Besuch

Unser Papa hatte Geburtstag. Eingeladen waren wie schon öfter unsere Nachbarn und zur Feier des Tages habe ich für den Nachmittag eine Torte gebacken. Eine Sahnetorte versteht sich. Damit die Sahnetorte noch etwas sahniger wird, meinte mein Göttergatte, es wäre doch besonders gut, wenn ich die Sahnetorte noch ein bisschen mit Sahne verzieren könnte. Dann wäre sie nicht so trocken. Also habe ich mit viel Mühe und Geduld unsere 3 Torten verziert, und bin gerade noch mit der letzten Torte fertiggeworden, als es auch schon an der Haustüre geklingelt hat.
So wie immer, sind wir alle aufmachen gegangen. Unser Kind und unsere Hunde als erstes. Gleich hinterher wir. Das Geburtstagskind und ich. Nachdem wir unseren Besuch ausreichend willkommen geheißen haben, begaben wir uns als erstes hinaus in den Garten. Dort stand, von meinem Mann in liebevoller Handarbeit gearbeitet, der neue Leiterwagen für die Tanja und ihre neue Schaukel. Selbstverständlich mussten wir die Kunststücke unserer Toch-

ter noch gebührend bewundern. Schließlich hatte sie ja selten ein so großes Publikum. Als die Vorführung dann beendet war, begaben wir uns voller Vorfreude auf den Kuchen ins festlich geschmückte Wohnzimmer, wo auch schon unsere 3 reichverzierten Torten auf uns warteten. – Und unser Buarli. Der war nämlich schon da. Sozusagen war er der erste. Und auch der erste der mit dem Tortenessen schon angefangen hat. Man kann nicht sagen, dass er zu gierig war. Nein das darf man nicht! Er war nur um Herrchens Cholesterin besorgt, und hat jede Torte um die Verzierung kleiner gemacht. Die Torte selbst hat er uns aufgehoben. Sozusagen als Herrchens Geburtstagsgeschenk!
Ein Glück, dass unsere Nachbarn für den Buarli alle ein Schwäche hatten. So haben wir vom Kuchen noch gerettet, was zu retten war, und dann doch noch einen recht vergnügten Nachmittag verbracht.

Ein Entenbraten für Papa

Bei uns gibt es eigentlich schon ein relativ abwechslungsreiches Essen. Nur gibt es da leider sehr verschiedene Geschmäcker.
Mein Mann mag vor allem alles, was mit Fleisch zu tun hat. Die Tanja und ich sind auf Fleisch im Besonderen nicht so scharf. Uns sind Mehlspeisen Gemüse und Beilagen wichtiger. Ente, Wild u. s. w. essen wir überhaupt nicht. Da unser Papa Enten- oder Gänsebraten liebt, und wir den aber wirklich sehr, sehr selten haben, ist das für ihn eine Rarität, auf die er sich immer sehr freut. Die Tanja und ich begnügen uns dann eben immer mit den Beilagen.
Jetzt ist es aber so, dass eine ganze Ente für eine Person ja viel zu viel ist, und eine halbe Ente trocknet beim Braten ja aus, also bleiben immer mindestens 3 Portionen Fleisch übrig.
Weil der Papa natürlich für seine Hunde auch ein Herz hat, wird ein Teil immer zwischen den Hunden aufgeteilt. Die freuen sich immer sehr, denn Ente mögen sie natürlich auch. Was dann noch übrig bleibt, ist dann für den nächsten Tag gedacht.

Eines schönen Tages also gab es bei uns zu Mittag Entenbraten, mit Soße, Knödel und Salat. Die Hunde beobachteten unser geschäftiges Treiben. Angefangen von den Vorbereitungen, dem Braten , dem Kochen und dem Aufdecken – alles war höchst interessant, und die Düfte äußerst verführerisch. Kein Hund und keine Katze bewegten sich auch nur einen Schritt aus unserer Wohnküche.
Während des Essens gab es für unsere Hunde und Katzen nichts vom Tisch. Das hinderte sie aber nicht daran, uns schmachtende Blicke zuzuwerfen. Die Katzen waren am schlimmsten! Aufdringlich versuchten sie gleich, sich die besten Bissen zu mopsen. Nachdem unser Punk, ein Kater der so ist, wie er heißt, mehrmals versuchte, dem Papa das Fleisch von der Gabel zu klauen, beförderte ich die Störenfriede nach draußen!
Als wir mit dem Essen fertig waren, machte ich mich daran, das restliche Fleisch von den Knochen zu lösen. Auch den vom Papa spendierten Teil der Ente machte ich für unsere Tiere fertig. Die Knochen kamen in die Mülltonne. Nachdem ich dann die Fleischreste zwischen den Hunden und

Katzen aufgeteilt hatte, räumten wir dann den Tisch ab und deponierten sämtliche übriggebliebenen Speisen in der Speisekammer. Das ist immer ein ziemliches hin und her, und damit dem Papa seinem Entenbraten nichts mehr passieren konnte, verschlossen wir vorsorglich die Türe zur besagten Speisekammer ganz fest!
Zehn Minuten später fiel es dann meinem leidgeprüften Mann und Papa noch einmal ein, dass er sich jetzt noch eine Nachspeise holen könnte. Also machte er sich nochmals auf zur Speisekammer. Er öffnete die Tür, blieb wie angewurzelt stehen, und stieß einen lauten Schrei aus!
Vor ihm saß, mit den Überresten der Ente zwischen den Pfoten unser Buarli auf dem Speisekammerboden. Die Überreste bestanden inzwischen nur mehr aus ein paar größeren Knochen und ein paar Fleischfransen. Hat sich doch unser genialer Hund, da er genau wusste, dass er nicht in die geschlossene Speisekammer reinkommt, seelenruhig mit dem Entenbraten in die Speisekammer sperren lassen! Er ist eben ein Gourmet!
Unser Papa war natürlich sehr frustriert, aber im nachhinein war es das Ganze in jedem Fall wert. Denn alles, was man nicht

vergisst, und worüber man auch Jahre später noch herzlich lachen kann, macht das Leben lebenswert!

Wir feiern ein großes Fest!

Das nächste bevorstehende Betriebsfest war auf unserem Hof geplant. Es war ein wunderschöner warmer und beständiger Sommer, und die Vorbereitungen liefen auf Hochtouren. Sämtliche Arbeitskollegen und Kolleginnen halfen fleißig mit. Die einen waren zuständig für Salate, die nächsten brachten Kuchen mit, die anderen halfen mit Gläsern und Besteck aus. Für die Getränke und Grillfleisch waren wir zuständig. Angesagt hatten sich so ca. 50 Leute. Für uns war das kein Problem, denn Platz haben wir vor allem im Sommer in Hülle und Fülle, denn die Tische verteilten wir im Garten. Während der eine Teil der Arbeitskollegen wegen unserer Hunde mit Skepsis an die bevorstehende Feier dachte, waren vor allem die Damen schon Wochen vorher damit beschäftigt, unsere Hunde unter sich aufzuteilen. Begehrtestes Objekt war natürlich der Buarli!

Bei einigen ja schon persönlich bekannt als extremer Frauencharmeur, und auch als Kuscheltier mit besonderer Qualität! Mit großer Vorfreude wurden aber auch unsere anderen zwei hübschen unter den Tierlieb-

haberinnen aufgeteilt. Damals hatten wir noch die Lucy und das Liserl. Unsere Hunde wussten natürlich noch nichts von ihrem Glück. Ein paar der Damen hatten nämlich vor, bei uns zu übernachten. Das Nachtlager wollten sie dann mit unseren Hunden teilen. Da damals die Tanja erst 5 Jahre alt war, und ein paar der Arbeitskollegen auch kleinere Kinder mitbrachten, begannen wir mit unserer Feier schon am frühen Nachmittag. Am Vormittag haben wir unsere Einfahrt schon mit Kreidepfeilen gekennzeichnet. Vorsorglich! Damit auch diejenigen, die im Fährtensuchen nicht so bewandert waren, zu uns fanden. Mindestens einer ist immer dabei, der sich da schwer tut!
Ansonsten lief alles ganz glatt ab. Als die Ersten eintrafen, machten unsere Hunde zwar etwas Radau, aber als dann einer nach dem anderen eintrudelte, interessierten sie sich für die Gäste nicht mehr. Der eine Teil, der mit unseren Vierbeinern weniger im Sinn hatte, wurde von ihnen auch in Frieden gelassen, und der andere Teil begrüßte unsere Wuffs ganz besonders. So manche Dame hatte für sie spezielle Delikatessen dabei, die den Hunger auf mehr, bei allen dreien immer mehr anregte.

Nach kurzer Zeit schon wurden unsere Besucher immer lockerer. Vor den Hunden hatte keiner mehr Angst. Die Kinder pirschten auf unserem Hof umher und zogen sämtliche Fahrzeuge auf den Hof. Ein paar Erwachsene begannen Federball zu spielen. Das gefiel unserem ältesten Kater, und vor allem unserem Liserl. Mit Feuereifer sprang sie zwischen den Spielern herum, immer dem Ball nach. Da unser Peterle auch gerne mit einem Federball spielt, mussten sie abwechselnd dem Hund und dann wieder der Katze den Ball abjuxen. Manchmal fiel unser zerstreutes Liserl auch im Eifer des Gefechts über den Peterl, aber das war der ja gewöhnt.
In der Zwischenzeit machten sich ein paar Herren am Grill zu schaffen. Und wir kümmerten uns darum, dass die Gäste nicht verdursten mussten.
Grillen im Freien ist für unsere vierbeinigen Freunde immer ein absoluter Hochgenuss. Der Duft von gebratenem Fleisch, vor allem in diesen Mengen, hat auf sie eine direkt hypnotische Wirkung. Je näher die Essenszeit kommt, desto näher kommen Hund und Katz zum Grill!

So war es auch damals. Jedes Felltier saß erwartungsfreudig vor dem Grill. Da wir ja einige davon haben, war das Gedränge um unser fertiges Grillfleisch sehr groß. Mit etwas Mühe verteilten wir das Fleisch auf die verschiedenen Teller, und die Tiere verteilten sich mit geschultem Auge an die freigiebigen Tierfreunde!
Nach dem Essen hatte wirklich keiner mehr Hunger. Weder Mensch, noch Tier. Nicht einmal unser Buarli musste sich etwas klauen!
Wie es bei Feiern dann so üblich ist, begann dann der etwas feuchtere Abschnitt unserer Feier. Auf diesem Gebiet gibt es, so wie auf allen Gebieten, Spezialisten. Diese Könner versuchten im Laufe des Abends ihr Bestes zu geben. Sie kämpften bis in die frühen Morgenstunden! Unter Aufwendung ihrer letzten Kräfte begaben sich unsere tapferen Kämpfer dann in das von ihnen ausgewählte Nachtquartier. Ein paar krochen, bzw. krabbelten in die Zelte, und die schon recht anschmiegsame aber nicht mehr ganz nüchterne Sabrina wollte sich zum Buarli auf sein Nachtlager schmuggeln. Der besah sich seine Bettnachbarin ziemlich verdutzt, und beschnupperte sie genauesten. Dann ertönte

ein lautes Knurren! Nein, eine Schnaps-
drossel auf sein heiliges Kuschelbett, das
kam ja gar nicht in Frage!

Eine Weihnachtsbescherung

Wieder einmal war Weihnachten. Wir hatten einen schönen Weihnachtsabend verbracht und am ersten Weihnachtstag begann für mich immer der Endspurt mit den ganzen Vorbereitungen. Unterm Christbaum war wieder Platz, nachdem die Geschenke für die Tanja am Heiligen Abend zuvor schon ausgepackt worden sind. Also konnte ich die Geschenke für die restliche Verwandtschaft schön ordentlich darunter packen. Angesagt haben sich dann sämtliche Onkel und Tanten für den zweiten Weihnachtstag. Miterwartet wurden so wie üblich Tanjas drei Cousinen.

Bei uns ist es so üblich, dass man Kleinigkeiten schenkt. Spirituosen für die Onkels und Schnapspralinen für die Tanten. Ein paar Süßigkeiten für die Cousinen, und modischen Schnick-Schnack, und Bücher. Das alles habe ich so dekorativ, wie ich es eben kann, verpackt, und wie schon gesagt an der üblichen Stelle abgelagert.

Unseren Hunden und Katzen gefällt das Weihnachtsfest immer sehr. Am interessantesten finden sie die kulinarischen Genüsse,

die es an diesen Tagen immer wieder am laufenden Band zu probieren gibt. Je mehr es gibt, desto interessanter wird es. Vor allem unser Buarli wird da immer unersättlich!
Am ersten Weihnachtstag fangen dann auch meistens unseren Katzen mit glänzenden Augen schon damit an, dass sie ausprobieren, wie fest sie eine Christbaumkugel hutschen müssen, bis sie endlich runterfällt. Am lustigsten ist es, wenn sie zu zweit oder zu dritt um den Christbaum herum fangen spielen. Sie spielen auch öfter fang die Kugel. Wenn es dann „Peng" macht und eine bricht, haben sie auch nie ein schlechtes Gewissen. Kann man doch auch mit den Scherben noch was anfangen. Auch so eine Girlande ist ein tolles Spielzeug. Eine zieht und die Andere hängt sich am anderen Ende dran.
Unter unserem Weihnachtsbaum steht auch immer die Krippe mit dem Jesuskind darin. Das Jesuskind ist aus Holz geschnitzt, und etwa so groß wie ein Baby. In der Krippe liegt ein echtes weiches Stroh, als Bettchen. Das gefällt den Katzen auch immer ganz besonders. Nur stört sie da eben immer das Jesuskindlein. Die erste Zeit liegen die Kat-

zen immer auf dem harten Kindlein drauf, aber schon bald hat die Tanja Mitleid mit unseren armen Katzen und legt die Holzfigur in ein Puppenbett in ihrem Zimmer und die Katzen schlafen selig in der Krippe unter dem Christbaum!

Am Morgen des zweiten Weihnachtstages weckte mich diesmal ein lauter Schrei! Ich sprang - noch mehr schlafend als wach - schnell aus dem Bett. In dem Schrei lag eine Mischung aus Frustration und unterdrücktem Lachen. Nachdem ich mir noch, vor lauter schnell, meinen großen Zeh am Bettpfosten angeschlagen hatte, humpelte ich noch nicht ganz angezogen die Treppe hinunter.

Dem Buarli sein Nachtlager liegt bei uns gleich unter der Treppe, deshalb sah ich auch sofort die ersten Anzeichen seines neuen Streiches auf seinem Bett liegen. Kunterbunt in kleine und große Fetzen zerrissen sah ich einen Haufen Geschenkpapier verteilt. Darunter gemischt lagen aufgerissene und jetzt leere Packungen mit Weinbrandbohnen, schön vermischt mit vielen „Bunten Smarties“, Mon Cheries und einer

Packung Keksen. Die Päckchen mit den Büchern und dem Modeschmuck hat er nicht angerührt. Die lagen noch genauso da, wie ich sie am Vorabend hingelegt habe! Der Alkohol in den Pralinen hat unseren Hund nicht weiter gestört. Hauptsache es hat ihm geschmeckt! Schlecht geworden wäre es ihm bei dieser Menge an Süßigkeiten sowieso, da war die Ursache auch schon egal. Obwohl ich fast der Meinung bin, dass er vielleicht doch auch einen kleinen Kater hatte – eine Weihnachtsbescherung mit Katze !

Hast du mir was mitgebracht?

Meinen Einkäufen sehen unsere Hunde immer mit größtem Interesse entgegen. Erwartungsvoll sitzen sie immer schon vor dem Hoftor, wenn sie unser Auto hören. Ich glaube, dass die genau wissen, was ich eingekauft habe, bevor ich überhaupt mit dem auspacken beginne! Denn wenn ich nichts Interessantes dabei habe, schauen sie nicht einmal nach. Wenn aber doch, dann kann ich keinen Schritt mehr machen, ohne dass ich einen zur Seite schieben muss. Wenn ich größere Mengen eingekauft habe, kann ich ja nicht alles auf einmal ins Haus tragen. Das ist vor allem für unseren Buarli ein Riesenvorteil! Mit jedem Gang zwischen Auto und Speisekammer steigt die Spannung! Da er ja ein findiger und unternehmungslustiger Hund ist, kann aus dieser Tätigkeit ein richtiges Abenteuer werden. Vor allem, wenn ich für unseren Banditen taugliche Sachen eingekauft habe, vorzugsweise noch in vielfältiger Art. Da befinden sich dann in unserem Kofferraum die verschiedensten Delikatessen: Schmackos, Hundewurst, Wienerle, Leberkäse, verschiedenes an Fleisch, ein Eimer gefüllt mit

Pansen, Knabberstangen für Hund und Katz, besondere Sorten von Schokolade – eigentlich nicht für den Hund gedacht – u. s. w. , u. s. w.
Natürlich gibt es da dazwischen auch noch für den Hund ungenießbare Sachen, die aber auch an den dafür vorgesehenen Platz gebracht werden müssen. Das muss in unserem Interesse immer sehr flott gehen. Je mehr man trödelt, desto größer ist das Risiko, dass irgendetwas auf geheimnisvolle Weise verschwindet. Man könnte es aber auch als ein Wettrennen bezeichnen!
Manchmal, wenn unser Zigeuner gut drauf ist, kann es sogar passieren, dass ich vollgepackt in die Speisekammer will, und mir mein Hund schon mit vollem Mund entgegenkommt. Genauer gesagt, ich räume die ganzen Packerl mit Leckerlis in die Speisekammer und unser Held räumt sie – auch mit der kompletten Packung - wieder heraus, und versteckt sie. Noch mehr Wirbel brachten, bzw. bringen unsere Hundedamen dann noch in das Ganze. Entweder das Liserl oder die Lucy machen bzw. machten da dann noch fleißig mit. Vor allem im Sachen in den Hof tragen oder im Garten vergraben, waren bzw. sind die enorm fit. Es

macht ihnen einen riesigen Spaß, wenn ich die Beute wieder abjuxen muss. Der Buarli bringt es sogar fertig, dass er mit dem ganzen Eimer Pansen abhaut. Das macht er nur zur Gaudi, denn er weiß ja genau, dass er ohne mich in den Eimer ja gar nicht hinein kommt! Oft artet es dann zu einer lustigen Rangelei aus. Es ist mir sogar schon passiert, dass mich mein Hund so von hinten geschubst hat, dass ich im Kofferraum gelandet bin. Sehr zur Freude für den Rest meiner Familie!

Ausgeschmiert !

An einem schönen klaren Herbsttag waren wir gerade beim Holzschaitl aufrichten. Unser 2000 qm großen Grundstück ist aufgeteilt in den Hundeausbruchsicheren Teil (mind. 1700 qm) und einem kleinen Garten mit normal hohem Jägerzaun, der für unser Genie absolut keine Ausgangsbremse ist. Die Hunde lagen faul überall im Hof verstreut und ließen sich die Sonne auf den Pelz brennen. Das Tor das die beiden Grundstücke voneinander trennt stand offen und wir karrten unser gespaltenes Holz mit der Schubkarre in den kleinen Garten und richteten das Holz am Jägerzaun entlang auf. Dass unser Hund - damals immerhin schon 12 Jahre alt – auf lustige Gedanken kommen könnte, kam uns überhaupt nicht in den Sinn. Wir karrten also eilig Fuhre um Fuhre in den kleinen Garten und die Holzstapel wurden schnell höher. Als der Stapel schon gut Brusthöhe hatte, war ich gerade dabei die letzten Schaite auf den Stoß zu legen, als auf einmal unser Buarli mit Schwung ums Hauseck kam. Aber nicht um das Hauseck i m Garten, nein, er kam von der Straße her. Ohne anhalten wollte er über den Zaun wieder in den Garten hüpfen. Mich hat er in seiner Eile nicht bemerkt und auch der Holzstoß ist ihm erst aufgefallen, als er schon mit allen vieren hoch in der Luft war. Seine Augen wurden, wie er so in der Luft stand, kugelrund. Mit einem Platsch ließ er sich wieder einfach auf die Straße fallen, denn über den Zaun konnte er so nicht mehr. Eigentlich hatte er nämlich einen unbemerkten Ausflug geplant gehabt. Peinlich – aber auch ein Kuvasz kann nicht immer an alles denken !.

Ich bin ein Hütehund!

Ein Hütehund will hüten! Unser Buarli hatte in den ersten 3 Jahren uns, also zwei Erwachsene, ein Kleinkind und zwei Hunde und drei Katzen zum Hüten dazu natürlich noch Haus und Hof. Vielleicht hat ja unser Hund ausgiebig Ahnenforschung betrieben, oder er hat in seiner Prägephase als Welpe viel mehr Tiere gehütet – auf jeden Fall stand ihm sein Sinn nach mehr!

Da er ja mir nicht so ganz einfach seine Wünsche verbal mitteilen konnte, versuchte er mir sein Verlangen anders klar zu machen.
Eines schönen Tages zum Beispiel, war er wieder einmal verschwunden. Wir machten uns zwar auf die Suche, aber die blieb ohne Erfolg. Ein paar Stunden später machte ich in der Ferne einen kleinen weißen Punkt aus, der rasch größer wurde und sich als unser Hund Nr. 3 entpuppte.
Er kam wie üblich ohne die geringste Spur eines schlechten Gewissens schnell auf mich zu. Irgendwie freute er sich ganz besonders, ungefähr so, wie sich ein Kind

freut, wenn es ein ganz besonderes Geschenk bekommen hat.
Worüber er sich so freut konnte ich nicht gleich feststellen. Erst als ich den Ganoven ganz aus der Nähe sah, bemerkte ich, dass er ein Andenken dabei hatte. Aus seinem Mundwinkel hing eine weiße Feder. Den Mund hatte er leicht geöffnet und bei genauer Betrachtung sah ich, dass zu dieser Feder ein ganzes Huhn gehörte. „Buarli lass los!" Ausnahmsweise gehorchte er sofort, und stellte das Huhn vor mich auf den Boden.
Das Huhn sah zwar leicht zerrupft aus, hatte aber seine Reise relativ gut überstanden. Es begann gleich in unserem Garten herumzulaufen, wahrscheinlich auf der Suche nach ihren Kolleginnen.. Leider hatten wir zum damaligen Zeitpunkt keine Hühner und so blieb ihre Suche erfolglos!
Jetzt geht es ja oft Kindern, die einfach so ohne weiteres ein Tier mit nach Hause bringen, auch nicht anders. Wir konnten das Huhn ja nicht dabehalten, es gehörte uns ja nicht. Nach längerem Nachforschen haben wir dann den Besitzer des Huhns ausfindig gemacht und das Huhn zurückgegeben.
Unser Hütehund war darüber natürlich tod-

unglücklich. Er konnte eben nicht begreifen, dass man nicht so einfach alles, was einem so gefällt mitnehmen kann. Es half auch recht wenig, wenn ich es ihm zu erklären versuchte. Die Regelung der Menschen mit dem Dein und Mein und mit dem Bezahlen kapierte er einfach nicht, und so kam es, dass wir uns, nachdem wir noch ein paar Hühner zurückbringen mussten, uns unserem Hund zuliebe entschlossen, ein paar Hühner anzuschaffen.

Außerdem hatten wir von dem Ärger mit den verschiedensten Hühnerhaltern genug, denn es wird mit der Zeit nämlich ganz schön anstrengend, wenn man den verschiedensten Leuten erklären soll, dass der Buarli keine Hühner frisst, sondern sie einfach nur mitnimmt, weil er auch ein Huhn haben will!

Der Buarli war glücklich. Die neuen Hühner durften sogar aus seinem Napf picken, und beim Füttern und ausmisten war er natürlich immer dabei.

Als wir dann in einem regnerischen Sommer eine wahre Schneckenplage hatten, legten wir uns noch 3 Indische Laufenten zu. Wir hatten einen Teich im Garten und

unser Hirtenhund hatte wieder eine Beschäftigung mehr. Die Laufenten sind nämlich anders zu handhaben als die Hühner. Ein Huhn weiß ganz von allein, wann es Zeit ist ins Bett zu gehen. Eine Laufente hingegen nicht. Im Sommer ist das ja nicht so schlimm, weil die Enten ja auf dem Weiher geschützt sind. Aber im Winter stellt die Dummheit der Enten einen vor ein richtiges Problem. Wenn nämlich das Wasser gefroren ist, sind die Enten sämtlichen Raubtieren schutzlos ausgeliefert und es besteht auch die Gefahr, dass sie in besonders kalten Nächten erfrieren.
Also mussten wir die Dummköpfe in ihren Stall treiben. Hier möchte man meinen, war dann unser Hund in seinem Element. Aber weitgefehlt: Die Enten hatte ja vor ihm überhaupt keinen Respekt und wahrscheinlich sah er auch keine Gefahr, denn durch sein Fell war es ihm ja nicht zu kalt, und dass sich in sein Revier ein Raubtier traut, konnte er auch nicht glauben. Und überhaupt: Wozu hat man schließlich Herrchen und Frauchen?
Dann war da noch die Sache mit der Maus: Einige Jahre später fing eine unserer Katzen eine Maus. Die Maus entkam der Katze und

flüchtete sich in eine Ecke. Unser Buarli trabte auch hinterher und erwischte die Maus vor der Katze. Von hinten sah es so aus, als hätte er die Maus mit einem Haps verzehrt und ich war eigentlich froh für die Maus, denn ich glaube es ist humaner schnell gefressen, als von der Katze langsam zu Tode gequält zu werden. Ich machte mir auch dann weiter keine Gedanken mehr, und habe die Sache dann schnell vergessen.
Stunden später habe ich dann unseren Hübschen vermisst. Ich suchte ihn im Dorf und in der näheren Umgebung. Nichts! Zu Hause habe ich dann mit meinem Haushalt weitergemacht, und dann am Abend noch die Tiere versorgt. Als ich für unsere Hasen und Meerschweinchen, die wir im Laufe der Zeit noch dazu bekamen, noch Heu holte, sah ich mitten im Heuhaufen den Balou, Buarli genannt, sitzen!
Mit einem wedelnden Schwanz und einem seltsam verkniffenen Mund!
Er saß in dem Heunest wie festgewachsen. Misstrauisch ging ich näher zu meinem Hund. Vor allem der Mund kam mir nicht so ganz normal vor. Als ich ganz Nahe vor ihm stand, konnte ich ein leises Fiepen hö-

ren. Schock las nach! Ich wusste doch zu hundert Prozent, dass mein Hund ein Rüde ist. Also konnte er ja schlecht Kinder gekriegt haben. Aber ich sah nichts.
Jetzt fiepte es schon wieder.
Und aus der Hundeschnauze sah plötzlich ein kleines Mäuseschwänzchen hervor. Da wusste ich, dass dieser Hund das Mäuschen vom Nachmittag nicht gefressen hatte. Und jetzt spielte er Mäusewächter!

Mutterpflichten

Es war ein wunderschönes Frühjahr. Und zum Frühjahr gehört für mich auch der Anblick von Schafherden, die über die Felder ziehen. Auch bei uns zog ein Schäfer mit seiner Herde über die Wiesen. Immer öfter sah man auch den Nachwuchs zwischen den Mutterschafen herumlaufen. Anfangs noch sehr wacklig auf den Beinen, dann aber immer munterer und lustiger. Mit wilden Bocksprüngen tollten die kleinen Schafkitze durch die bei uns doch recht hügelige Landschaft. Unseren Buarli hat das immer sehr interessiert. Den Schafen hätte er stundenlang zuschauen können. Durch unsere täglichen Spaziergänge sind wir dem Schäfer auch sehr oft begegnet, und mit der Zeit haben wir uns miteinander angefreundet. Eines Tages stand die große Gestalt unseres Schäfers vor der Tür. Auf dem Arm hatte er ein winzig kleines Kitzlein. Erst einen Tag alt. Seine Mutter hatte Drillinge geboren und war für alle drei Kitze zu schwach. Ein Schaf wollte ich schon immer, und wir haben es deshalb auch gleich aufgenommen.

Da es erst Vormittag war, befand sich die Tanja noch im Kindergarten.
Ich war mit den Tieren noch allein zuhause. Schnell legte ich das Lämmlein in eine behelfsmäßige Box und besorgte mir vom nächsten Futtermittellieferanten eine entsprechende Babynahrung und ein Fläschchen. Wieder daheim angekommen, holte ich unseren Säugling gleich ins Haus. Eine große Schachtel diente mir vorerst als Bett und Laufstall. Dann holte ich die Hunde dazu. Allein der Geruch von so einem Lämmlein ist für Hunde ungemein anziehend. Das dem Kleinen keine Gefahr droht, merkte ich an dem Verhalten unserer Hunde.
Sie waren zwar sehr neugierig auf das Böcklein, aber es war keine Aggressivität zu spüren.
Das größte Interesse zeigte, so wie ich es von Anfang an vermutet habe, unser Buarli. Wer weiß, vielleicht lag es auch an der Ähnlichkeit zwischen den beiden. Während das Liserl zwar neugierig das Baby bestaunte, legte sich unser Buarli sofort ganz nahe zu dem Lämmlein hin, und blieb dort. Er übernahm ab sofort Mamapflichten. Und

das Lämmlein kuschelte sich dankbar ganz fest an ihn.
War das einen Freude und ein Staunen, als ich dann die Tanja aus dem Kindergarten nach Hause holte. So ein Lämmlein ist etwas ganz Besonde-res. Das Aufziehen macht zwar vor allem die ersten Wochen sehr viel Mühe, weil man in Abständen von 3 – 4 Stunden am Anfang eventuell auch häufiger das Fläschchen geben muss, aber wenn diese Zeit überstanden ist, wird es leichter. Unser kleines Petzi war, als wir es bekamen wirklich nur Haut und Knochen. Wäre unser Buarli mit seiner Fürsorge und Mutterliebe nicht gewesen, weiß ich nicht, ob das Lämmlein durchgekommen wäre. Beim Füttern hatte ich immer gleich eine ganze Schar von Helfern dabei. Für die Tanja war das Fläschchengeben eine wunderschöne Aufgabe. Und vor allem für das Liserl hatte das Babyfüttern etwas anziehendes. Sobald ich nur ans Fläschchenmachen dachte, stand sie schon erwartungsfroh in der Küche. Man sollte es nicht für möglich halten: Unser Clown wollte jetzt auch aus dem Fläschchen trinken. Wenn ich dem kleinen Petz die Flasche hinhielt, stand unser Hund dicht daneben und sperrte auch

seinen Schnabel auf. Milchreste blieben dadurch natürlich nie übrig. Gab es da doch unser Liserl, das auch gerne aus der Flasche nuckelte!
Das Böcklein freute sich auch jedes Mal über alle Maßen, wenn ich mit dem Fläschchen ankam. Am Anfang versuchte es ja immer wieder beim Buarli sein Glück, wenn es Hunger hatte, aber mit der Zeit gewöhnte es sich an sein Fläschchen. Der Buarli war sehr froh, dass es seine erfolglose Milchsuche bei ihm aufgab, denn er wusste gar nicht recht wie er auf diese Nuckeleien reagieren sollte. Trotzdem blieb es dabei, dass das Lämmlein die kuschelige Nähe des weißen Riesen suchte.
Je größer es wurde, desto wilder wurde es natürlich. So ein kleines Lamm hat wahnsinnig viel Temperament. Unser Schaf war in jedem Fall der Meinung, dass es ein Hund ist! Sobald ich die Hundeleinen in die Hand nahm, stand es auch schon da. Weil unsere Katzen auch gerne mitgingen weitete sich der Umfang schön langsam zu einer Karawane aus, denn immerhin waren wir jetzt meistens zu neunt: drei Hunde, - unser Bärli lebte schon nicht mehr - mindestens zwei bis drei Katzen, ein Schaf, ein Kind

und ich! Für ab und zu vorbeikommende Fremde waren wir eine Sensation!

Eins! Zwei! Drei! Kein Osterei!

Die Tage wurden wieder länger – der Frühling war im Anmarsch. Unsere Hühner hatten sich bei uns gut eingelebt, und legten auch schon recht gut. Jetzt konnte Ostern ruhig kommen.
Mit dem Sammeln der Eier, die ich zum Färben brauchte, wollte ich 14 Tage vor dem Fest beginnen.
Der Hühnerstall und das Freigehege wurden regelmäßig von unserem Hühnerhund, inspiziert und kontrolliert, wenn ich zum Eier abnehmen ging. Unser Hühnerbestand setzte sich zusammen aus 2 schwarzen, 2 braunen und 2 weißen grünlegenden Hühnern und einem Gockel.
Normalerweise fand ich in dieser guten Legephase täglich 5 – 6 Eier im Stall. Das war so ungefähr die Regel.
Irgendwann, so ca. 10 Tage vorm traditionellen Ostereiersuchen, wurden es plötzlich weniger! Zunächst waren es nur noch 4 – 5 Eier, kurz darauf nur noch 2 – 3 Eier und als nächstes blieb dann der Eiersegen ganz aus.

Täglich ging der Buarli brav mit zum Hühnerversorgen, kostete das Hühnerfutter, überprüfte das Wasser auf die Qualität , überwachte das Ausmisten und begleitete mich beim erfolglosen Eiersuchen.
Jeden Tag dasselbe Spiel – und Ostern rückte immer näher!
Hühnerfüttern - aber kein einziges Gackerle in Sicht. Dem Buarli sein Interesse an meiner Eiersuche wurde immer größer. Fast schien es mir, als hätte er am Hühner versorgen noch nie so viel Spaß gehabt!
Da Ostern nun wirklich schon ganz nah war, habe ich mich dann damit abgefunden, dass ich mir meine Eier zum Ostereiersuchen wohl doch kaufen muss. Schade zwar, aber was soll`s!
Zur regelmäßigen Routine gehört es bei mir, dass ich nach dem Hühnerfüttern vom Heuhaufen noch einen Bauschen für die Hasen mitnehme. Jedes Mal, wenn ich damals in Richtung Heu ging, bekam unser Buarli ein wahnsinniges Anlehnungsbedürfnis. Er stellte sich vor mir quer, und drückte sich gegen meine Oberschenkel. Den Heuhaufen erreichte ich nur noch mit den Fingerspitzen. Mühsam zog ich mir das nötige Heu aus dem Haufen heraus, wäh-

rend mein Hund mich fleißig wegdrückte. Das wiederholte sich täglich, bis ich überhaupt nicht mehr an mein Heu herankam. Am Ostersamstag war es dann soweit, dass mir nichts anderes mehr übrig blieb, als mein großes Hundevieh energisch zur Seite zu schieben, denn schließlich hatten die Hasen ja auch Hunger! Um mir das Heu in bessere Reichweite zu holen, musste ich auf den Heuhaufen klettern. Als ich mich dazu anschickte, bekam ich plötzlich einen mächtigen Tatzenhieb gegen meine Beine. Der Burali hatte sich ganz aufgeregt auf die Hinter-beine gestellt, damit er mich mit seinen Tatzen noch erreichen konnte. – Seltsam! Zum Nach-denken hatte ich aber keine Zeit, denn ich musste mich beeilen. Schnell stieg ich noch ein wenig höher. Da sah ich im Heu eine eingedrückte Stelle, die ziemlich groß und tief war. Das wollte ich mir aus der Nähe anschauen. Da bellte der Buarli! „Was er nur wieder hat, ist doch nichts“, dachte ich mir, und besah mir diese große Mulde. Sie war wirklich tief und bei näherer Betrachtung fiel mir auf, das sie irgendwie gemustert war. Dazu muss ich erklären, dass ich ja auf dem Heuboden nur ein ganz schlechtes Licht hatte, also konnte

ich nur mehr erahnen als sehen. Ich tastet vorsichtig die Mulde ab, und hatte plötzlich ein Ei in der Hand. Und dann noch eins und dann noch eins! Jetzt dämmerte es mir schön langsam, warum sich mein Hund so aufgeregt hat.
Er hat auf seine Weise Osterhase gespielt, und sich die ganze Zeit daran erfreut, wie ich täglich Eier gesucht habe!

Ein Hundeherz für Frauen

Wäre unser Kuvasz ein Mann, hätte er wahrscheinlich ein großes Problem: Er liebt nämlich wirklich alle Frauen. Egal ob sie klein oder groß, oder dick oder dünn, oder blond oder dunkel sind. Vollkommen gleichgültig ist es ihm auch, ob sie vor ihm Angst haben oder nicht. Er freut sich über jede. Und das zeigt er auch auf seine Weise: Er sucht ihre Nähe! Je näher desto besser. Am liebsten drückt er sich mit der Schnauze zwischen die Beine seiner momentan Angebeteten, und schiebt sich langsam aber sicher immer weiter durch. So lange bis die Dame dann über seinem Rücken steht. Bei kleineren Frauen hat das dann zur Folge, dass sie dann auf dem Hund sitzt, so wie andere auf einem Pferd sitzen. Unser Reittier dreht dann gerne eine Ehrenrunde um den Hof.
Wenn er eine besonders liebt, hat er dann aber noch lange nicht genug: Nachdem er seine meist sehr erschöpfte Reiterin dann wieder abgestellt hat, fängt er dasselbe Spielchen nochmals an. Aber das zweitemal drückt er sich von vorne zwischen die Beine.

Sein Erfolg ist dann effektiver:
Das durch die Rangelei schon recht mitgenom-mene weibliche Wesen hat jetzt die Gelegenheit an einem Kursus im Kunstreiten:
Thema: Ich reite rückwärts nach vorwärts!

Bei größeren Frauen macht er in etwa dasselbe. Nur schiebt er dann diejenige quer durch den Hof, indem dann die Frau meist auf nur einem Bein steht.
Da die Kraft und Ausdauer unseres Banditen ganz enorm ist, kommt dann meist der Punkt an dem wir jeweilige Dame vor unserem Weiberhelden retten müssen.
Der Charme unseres Süßen wirkt anscheinend sehr auf den größten Teil der Frauenwelt. So kann er sich meist über einen Mangel an den darauf folgenden Streichel- und Knuddel-Einheiten nicht beklagen!

Der Buarli und der Jogger

Bei schönem Wetter machten wir leidenschaftlich gerne Ausflüge an die Alz. Entlang der Alz gibt es außergewöhnlich schöne Naturpfade, die von Naturfreunden, Wanderern, Hundebesitzer, Ausflüglern und Joggern gerne benutzt werden.
Als wir unseren Kuvasz schon eine Weile hatten, und die schlimmste Zeit mit ihm vorbei war, ließen wir ihn vor allem an der Alz an den einsamen Stellen immer wieder von der Leine. Das war an der Alz bei weitem kein solches Risiko, wie bei uns zu Hause, denn der Buarli kannte sich in dieser Umgebung nicht so aus, also traute er sich von uns auch nicht so weit weg.
Nachdem wir an einer besonders schönen Stelle gepicknickt hatten – die Hunde bekamen natürlich auch ihre Wurst -, Käse und Butterbrote – gingen wir mit den Hunden noch baden. Das ist an der Alz kein Problem, denn es ist ja kein öffentlicher Badestrand. Frisch gekühlt und nass und dadurch sehr munter, vergnügten wir uns im Anschluss mit Stöckchenwerfen, Löcher in den Sand buddeln und so weiter.

Es war wirklich sehr vergnüglich und kurzweilig. Die Tanja war schon fast ein und ein halbes Jahre alt und flitzte schon fleißig mit den Hunden mit. Zum Spielen hatte sie immer verschiedenste Sandspielsachen und ein Püppchen und ihr kleines Stoffschweinchen dabei. Außerdem war sie fleißig mit dem Stöckchenwerfen beschäftigt. Vor allem das Liserl bekam wirklich nie genug. Sie brachte wirklich jedem, ob er nun wollte oder nicht, ob sie denjenigen kannte oder nicht, ihr Stöckchen. Wenn jemand nicht spielen wollte, warf sie demjenigen so lange ihr Stöckchen hin, bis derjenige sich dann doch noch erbarmte, oder wir sie mit Gewalt von ihrem Opfer wegholten.
Zwischendurch machten wir dann immer wieder kleinere Wanderungen. Da es mitten unter der Woche an einem Vormittag war, und anscheinend außer uns noch kein Mensch in der Nähe war, ließen wir die Hunde laufen. Sie spielten mit großer Begeisterung Fangen und alle drei waren wirklich brav. Die Wege an der Alz sind sehr kurvenreich und hügelig. Als wir um eine Biegung kamen, sahen wir von weitem schon einen Jogger auf uns zukommen. Die

Hunde haben wir kurz an den Halsbändern festgehalten, und den Jogger gefragt, ob er vor den Hunden Angst hat.
Das hat der Mann verneint. Er hätte keine Angst hat er gemeint, und wir könnten die Hunde ruhig loslassen. Das haben wir dann auch gemacht. Und das Liserl trabte auch gleich mit lässig schwing-den Hüften auf den Jogger zu, der Bärli interessierte sich nicht für den Jogger und der Burali lief dem Liserl nach.
Als das Liserl am Jogger vorbei war, stand der plötzlich vor dem Buarli. Anscheinend wurde es dem Jogger nun doch ein wenig anders, als unser Riese dann so dicht vor ihm stand. Denn er blieb mit einemmal stehen. Und der Buarli blieb ihm direkt gegenüber, in einer Entfernung
von ca. 1 m auch stehen. Und so standen sie nun da. Der Buarli auf der einen Seite und der Jogger auf der anderen, und sahen sich an.
Wir sahen unseren Hund nur von hinten. Plötzlich senkte er den Kopf und blieb in dieser Haltung einen etwas längeren Moment stehen. Dann hob er den Kopf wieder, machte einen Schritt zur Seite, und trabte locker seinem Liserl nach.

Der Jogger aber blieb wie angewurzelt stehen, und sah auf seine Füße hinunter. Dann sah er uns reichlich verdattert entgegen. Sein Gesichts-ausdruck war so seltsam, dass er eigentlich fotografiert gehört hätte. „ Jetzt hat mir euer Hund doch tatsächlich erst links und dann rechts die Schuhbänder aufgemacht!“ brachte er verblüfft hervor. Wir waren auch nicht weniger baff als der Jogger, als wir uns seine fein säuberlich gelösten Schuhbänder ansahen.
Dieser Hund sorgte doch immer für Überraschungen. Und für uns stand fest, dass auch ein Hund Humor haben kann!

Ein Hoch auf unseren Dickschädel!

Mai 2008. Es ist ein wunderschöner, außergewöhnlich warmer Frühlingstag. Das es Frühling ist, merkt man auch daran, dass die Hunde ihr Winterkleid wechseln. Im Hof scheint die Sonne, und ich bin schon seit geraumer Zeit damit beschäftigt, unseren Buarli wieder vorzeigbar zu machen. Die Haare, die mir der Wind verweht, fliegen munter durch die Luft und so mancher Vogel fängt sich für seinen Nestbau ein paar Büschel weicher weißer Wolle.
Schön langsam wird es unserem, immer noch nicht so geduldigem Hund, mit der vielen Bürsterei wieder zu viel, und er wechselt murrend, mit mir im Schlepptau, immer wieder seinen Schlafplatz . Nachdem ich ihn dann so einigermaßen hübsch gemacht habe, gebe ich ihm dann auch seine Ruhe und ein paar seiner wohlverdienten Leckereien, ohne natürlich dic Lucy zu vergessen.
So wie ich es den beiden versprochen habe, - einem Kuvasz gegenüber muss man ein Ver-sprechen immer halten, der vergisst

nämlich nichts - nehme ich dann noch die Hundeleinen in die Hand und wie auf Kommando stehen beide schwanzwedelnd sofort neben mir am Hoftor. Für mich ist es immer wieder ein unglaublich schöner Moment, wenn ich sehen darf, wie unser Buarli trotz seiner, wahrscheinlich schon 17 Jahren, meist noch ohne größere Schwierigkeiten aufsteht, und auf mich zuhüpft, so als wäre er noch ein junges Hündchen. Längere Spaziergänge sind immer noch kein Problem für ihn, und wenn ich keine Zeit dafür habe, dass ich ihn eventuell einfangen muss, kann ich es mir immer noch nicht erlauben, ihn von der Leine zu lassen. Wenn er es sich nämlich in den Kopf setzt, das er schnell irgendetwas zu erledigen hat, hat man auch heute keinerlei Chance ihn einzuholen!
Er hat auch ansonsten fast keine Altersbeschwerden. Er sieht gut und er hört gut. Letzteres aber wirklich nur, wenn er will! Daran hat sich so gut wie gar nichts geändert. In unseren täglichen Verhandlungen sind wir beide mittlerweile sehr geübt. Wir verstehen uns prächtig! Es gibt sogar so manches, auf dass er inzwischen aufs Wort reagiert. Das sind ganz einfach die Angele-

genheiten, bei denen er ganz genau weiß, dass ich das nicht ohne Grund sage. Genauso gibt es aber so Sachen, bei denen ich, um des lieben Friedens Willen, kompromissbereit bin, bzw. mit ihm einen Kuhhandel abschließe : „Tust du was ich dir sage, kriegst du ....!“. Wenn mein Angebot gut genug ist, kann ich meinen Hund meist recht gut überzeugen. Aber ich muss mich an meine Abmachungen auch ganz genau halten, denn sonst habe ich keine Ruhe mehr!

Auch ist es trotz seines hohen Alters gar nicht gesagt, dass er nicht auch manchmal noch stiften geht. Er springt zwar seit 3 Jahren nicht mehr über den Zaun, aber Gelegenheit macht eben Diebe. Ein offenes Tor, oder eine nicht gut geschlossene Hoftüre, und unser Süßer befindet sich ohne Umwege wieder auf seiner Komposthaufentour quer durch den Ort, wenn auch nicht mehr so arg lange. Seine Extraspaziergänge machen ihm immer noch eine Riesenfreude, und ich bin mir absolut sicher, dass er dadurch länger jung bleibt. In seinen Augen sitzt immer noch der Schalk und der Übermut, und je öfter er etwas anstellen kann,

desto weniger groß ist die Gefahr, dass er im Herzen alt wird !
Zurückblickend glaube ich, dass ich von uns behaupten kann, dass wir es wirklich geschafft haben. Es war zum Teil eine unglaublich anstrengende Zeit. Oft waren wir kurz davor aufzugeben. So schön und so lustig sich so manches jetzt auch (hoffentlich!) anhört, so hart war es aber auch. Denn wir haben zwar gute Fortschritte mit unserem Büffel gemacht, aber es hat eine lange Zeit gedauert, bis wir *den* Hund hatten, den wir heute haben.
Ich bin auch überzeugt davon, dass man aus so einem Hund – und damit meine ich nicht nur die Tatsache, dass unser Buarli ein Kuvasz ist, denn es gibt genügend Hunde, die auch nicht unbedingt das tun, was man von ihnen will – nur dann einen guten Gefährten machen kann, wenn man wirklich daran arbeitet. Hätten wir ihn zum Beispiel einfach laufen lassen, und uns gesagt: „Der kommt schon wieder!“, oder ihn nicht bei uns im Haus gehalten, sondern es so gemacht, wie es leider so viele halten, nach dem Motto: „Der Hund kommt mir nicht ins Haus!“, hätten wir nie und nimmer die geringste Chance gehabt. Im übrigen ist ein

Hund der im Haus gehalten wird auch nicht dreckig. Das sind nur die Hunde, die draußen bleiben müssen!
Unseren Erfolg haben wir auch der Tatsache zu verdanken, dass wir ihm immer gezeigt haben, wo er hingehört, indem wir ihn gesucht haben. Er hat ganz genau gemerkt, dass er sich auf uns verlassen kann. Selbstverständlich wurde er auch nie geschimpft, wenn er wieder nach Hause kam. Dieser Fehler wird ganz häufig gemacht! Ein Hund der heimkommt ist immer brav! Ganz egal welche Wut man in dem Moment auch hat! Nur der Hund der gerade abhaut ist böse und muss geschimpft werden!
Hilfreich ist bei manchen zum Beispiel eine Dose gefüllt mit Kieselsteinen. Wenn man die in dem Moment, in dem er das Weite sucht, neben den Hund wirft, dreht so mancher sofort wieder um und kommt zurück. Wie gesagt: Zum Beispiel. Jeder Hundetrainer kann bei solchen oder ähnlichen Problemen genaue Auskunft geben.
Auch die Regelmäßigkeit, mit der bei uns Gassi gegangen wird, hat bestimmt positive Auswirkungen gehabt. Mit der Zeit war der Buarli ganz einfach gerne bei uns zu Hause. Er ist nie allein, immer gibt es irgendetwas

zu klauen, oder irgendwer kommt und bringt ihm etwas mit. Das Mitbringen passiert jeden Tag wenn mein Mann von der Arbeit kommt. Ohne Schmackos geht der nie in die Arbeit, und so gibt es für die Hunde täglich etwas, auf das sie sich freuen können!
Und das ist wichtig! Nicht nur für die Hunde!

„Es war und ist eine schöne und aufregende Zeit mit unserem charmanten Dickschädel. Und wenn es ihn nicht gäbe, so müsste man ihn erfinden - ...

Wir! Das heißt: Buarli, Bärli, Liserl, wie man sieht auch Tanja, und ich!

Demnächst erscheint:

Chaos auf vier Pfoten!

Homepage: sites.google.com/site/sambaschritt
Mit Fotos zum Buch, Tips, Anregungen und Erfahrungsaustausch